O SEGUNDO TEMPO

MICHEL LAUB

O segundo tempo

8ª reimpressão

Copyright © 2006 by Michel Laub

Grafia atualizada segundo o Acordo Ortográfico da Língua Portuguesa de 1990, que entrou em vigor no Brasil em 2009.

Capa
Kiko Farkas / Máquina Estúdio
Elisa Cardoso / Máquina Estúdio

Preparação
Márcia Copola

Revisão
Denise Pessoa
Carmem S. da Costa

Atualização ortográfica
Verba Editorial

Alguns dos eventos, personagens, referências geográficas e sequências cronológicas aqui descritos se baseiam na realidade, mas pertencem ao universo da ficção. Esta obra não emite opinião sobre pessoas e fatos concretos.

Dados Internacionais de Catalogação na Publicação (CIP)
(Câmara Brasileira do Livro, SP, Brasil)

Laub, Michel
O segundo tempo / Michel Laub. — 1ª ed. — São Paulo : Companhia
das Letras, 2006.

ISBN 978-85-359-0924-1

1. Romance brasileiro I. Título.

06-7121   CDD-869.93

Índice para catálogo sistemático:
1. Romances : Literatura brasileira 869.93

Todos os direitos desta edição reservados à
EDITORA SCHWARCZ S.A.
Rua Bandeira Paulista, 702, cj. 32
04532-002 — São Paulo — SP
Telefone: (11) 3707-3500
www.companhiadasletras.com.br
www.blogdacompanhia.com.br
facebook.com/companhiadasletras
instagram.com/companhiadasletras
twitter.com/cialetras

O autor agradece à Fundação Vitae pela bolsa de artes para a produção deste livro.

Naturalmente, avançar é uma infidelidade — para com os outros, o passado, as antigas ideias que cada um faz de si. Quem sabe cada dia não devesse conter pelo menos uma infidelidade essencial ou uma traição necessária.

Hanif Kureishi, *Intimidade*

UM

1.

Hoje o futebol está morto, e duvido que alguém ainda chore por ele, mas não era assim no dia 12 de fevereiro de 1989. Não para o meu irmão Bruno. Não para alguém que tinha onze anos, como ele, e se dispunha a percorrer tantos quarteirões até o ponto de ônibus. Já tínhamos feito o trajeto em noites de chuva, em feriados sem um único armazém aberto, sempre a mesma espera e os mesmos bancos de plástico. O calor de Porto Alegre é uma experiência à parte, os cheiros são macilentos e o ar é de uma espessura insalubre, e sair ao meio-dia de casa não era garantia de lugar na arquibancada. Para lá iam aposentados tristes, alcoólatras de todas as profissões, gente que brotava dos morros e conjuntos habitacionais, quase oitenta mil pessoas com o mesmo objetivo. Naquele domingo, às seis da tarde, no gramado do Beira-Rio, estádio do Inter, o Grêmio enfrentaria seu maior rival no jogo que ficou conhecido como Gre-Nal do Século.

Bruno acordou mais cedo do que eu. Nós morávamos num apartamento pequeno e dividíamos o quarto. Ouvi os barulhos dele na sala, o rádio em volume baixo. Em Porto Alegre a cobertura esportiva era impregnada de marchas militares e propaganda de tinta. Meu irmão se preparou durante a semana, não havia o que o distraísse daquelas entrevistas preguiçosas: as primeiras considerações sobre o dia, o nutricionista explicando o que os jogadores teriam para o almoço. Filé e purê de batatas, o homem dizia, uma salada leve e frutas. Alguma novidade?, perguntei para Bruno ao levantar. Eram por volta de nove horas, e os times haviam sido definidos na sexta.

Estava em disputa a passagem para a final do Campeonato Brasileiro, uma vaga na Libertadores da América, um tabu de treze clássicos e dois anos de vitórias do Grêmio. Esses dois anos coincidiam com as primeiras vezes que levei Bruno ao estádio. De certa maneira é sorte, toda criança sabe se a sua geração foi premiada. Para ele havia o conforto de ter onze anos em 1989, e não em 1979, final de uma década em que o Inter contou com Manga, Falcão e Carpeggiani. Agora a história era outra, a memória recente é que fazia Bruno ter confiança numa escalação de aparência tão heroica: o goleiro do Grêmio era Mazaropi, o lateral direito era Alfinete, o zagueiro central era Trasante, o quarto-zagueiro era Luís Eduardo.

Eu tinha quinze anos nessa época, o que me levava a tomar café com uma expectativa diversa. Era o dia mais importante da vida de Bruno, mas para mim já havia outras coisas: o fato de não termos ido para a praia uma única vez, de termos passado a temporada em Porto Alegre, eu sem nenhuma outra forma de distrair meu irmão a não ser aquele campeonato, que culminou naquela semifinal. Às nove e vinte eu comi um pedaço de pão torrado, manteiga, a mãe ainda dormia no quarto. O governo preparava o lançamento do Plano Verão, e na capa do jornal havia uma notícia sobre a retirada das tropas russas de Cabul. O resto era ocupado por fotos das atrações da tarde: Marcos Vinicius, pelo lado do Grêmio, e Nilson, pelo do Inter.

1989 foi daqueles anos que, mesmo à distância, tanto tempo passado, dá para reconstituir mês a mês, dia a dia. Foi o ano em que ninguém em casa teria interesse pelo Afeganistão. Em que ninguém em casa se preocuparia com a União Soviética, a Alemanha, a China. Em que o único foco de atenção na nossa casa seria uma TV ligada num debate local, às vezes a gritaria era interrompida por flashes das concentrações. Você pegou o seu ingresso?, perguntei para Bruno antes de sairmos. Esconda na meia, e fique sempre perto de mim.

O ônibus estava cheio e fizemos o trajeto de pé. Cidade Baixa, Menino Deus, a Padre Cacique inteira a menos de dez por hora. Descemos um pouco antes, era mais prático ir caminhando até a rampa que conduzia à roleta, depois à grade, depois ao túnel. O interior do Beira-Rio parece sempre maior, mais perigoso, e ao ser empurrado para o alto, ao me espremer com Bruno perto das organizadas, da respiração do bumbo e da maconha e do suor, eu pela primeira vez me fiz as perguntas devidas. Eu estava nervoso? Eu estava preparado para aquele longo dia?

2.

Meu pai não ia mais ao estádio. Quando eu era criança, os domingos eram passados no Olímpico. Ele estacionava numa travessa da Azenha, e ficávamos nas sociais. À medida que eu me familiarizava com as tradições do estado, um goleiro que aceitava suborno, um cego que fazia cálculos sobre posições de clubes na tabela, um treinador que sacava o revólver em restaurantes de frutos do mar, o interesse dele foi diminuindo. Em 1989 ainda era possível que o ponteiro esquerdo do Inter, Edu, reforçasse o orçamento nas férias trabalhando num táxi em Salvador. Mesmo assim o pai já havia desanimado: o futebol ensaiava o que viraria em breve, em qualquer esquina se sabia dos empresários, das cotas das emissoras de tv, dos julgamentos sobre exames antidoping. Era a desculpa para ele criar raízes no sofá e só levantar para suas longas viagens. O pai era vendedor de seguros, oferecemos patrimônio e saúde, o emprego conseguido depois de perder tudo num minimercado. A história dele era a dos empreendedores do Plano Cruzado, depois Cruzado Novo, Plano Bresser num estágio já terminal. Bastaram dois ou três anos de Sunab e de broches de fiscal do Sarney para que ele passasse a falar sobre almoços em postos de gasolina, noites em cidades próximas a trevos, um longo percurso para cobrir Rio Grande do Sul, Santa Catarina e Paraná.

Ele voltava em frangalhos, e é assim que lembro de vê-lo: um homem magro que se queixava dos clientes, das estradas, do motor do carro. O pai tinha essa urgência em falar sobre mecânica, bastava ele entrar em casa para mostrar seus conhecimentos sobre a bomba de gasolina, o acelerador parece que não rendia, quando vi estava numa oficina e o sujeito também precisou trocar o filtro. Considerar que ele pudesse ver diferença em mais um jogo, mesmo que fosse o Gre-Nal do Século, era não conhecê-lo de verdade. Naquele domingo ele estaria de volta a Porto Alegre, mas duvido que tenha sequer ligado o rádio. Duvido que tenha lembrado que Bruno e eu já estávamos ali, na arquibancada debaixo do sol.

Meu pai dizia que gostava de parar numa banca de frutas perto de Torres. Lá se vendia mandolate e artesanato. As famílias examinam a mercadoria, escolhem um presente, trocam sorrisos de cumplicidade, e é fácil imaginar todos indo para casa, os filhos com os ombros ardendo, avisei para você ficar na sombra e usar boné e não comer porcaria. Os domingos de verão podem ser um conforto, a noite tem frescor e harmonia, os lençóis são brancos e as frutas estão geladas num prato ao lado da cama, mas para o pai era diferente: depois de falar sobre as vinte cidades pelas quais passou, as cinquenta visitas que teve de fazer, os sapatos dele ainda estavam engraxados e as apólices ainda tinham desconto.

Seguir para Porto Alegre depois de Torres é a parte mais tranquila de uma viagem. São apenas mais duas horas, você passa pela lagoa, pelo pedágio, pelo aeroporto. A cidade naquele domingo era um deserto já às cinco da tarde: quase um décimo da população no Beira-Rio, o resto esperando pela transmissão da TV.

Nosso apartamento parece ainda mais hostil a essa hora. Não há nada além de pó e água de filtro. Naquele domingo meu pai entrou pela cozinha, ficou descalço, é provável que a mãe estivesse na sala. Não sei se ele pensou em algo ao vê-la. Não sei se hesitou. Não sei se ele deu bom-dia, se perguntou como tinha sido a semana, ou se apenas ficou ali, em frente a ela, enquanto na vizinhança se ouviam os primeiros foguetes.

3.

O Inter apareceu com Taffarel no gol e Nilson machucado, com uma faixa no joelho direito. Era a gaze de farmácia da época, ainda não havia as caneleiras obrigatórias nem as malhas pretas para evitar distensões. Dava para vê-lo caminhando entre os fios e bolas reservas, o maior artilheiro da década, um negro de rosto triste e pernas de alicate que não fazia gols desde o fim de novembro.

O Grêmio tinha pelo menos três jogadores inválidos além de Marcos Vinicius, um centroavante até então sem tônus nem compromisso. No segundo turno houve uma sequência de jogos sem vitórias, Rubens Minelli assumiu depois do último deles, um empate contra o Corinthians em que Bruno esperou os jogadores na saída. A tv chegou a filmá-lo naquele dia: queremos time, gritavam os outros, e ele repetia aos pulos, num transe de raiva.

Em 1989 eu ainda conseguia entrar no vestiário do Olímpico junto com Bruno. Tínhamos uma carteira de sócio, o sujeito que cuidava da porta era simpático conosco, lá dentro era quente e o ar era um vapor de Gelol. Bruno queria sempre pedir o autógrafo de Lima, um centroavante que tinha a voz fina e usava calça bordô e sonhava com os gols do dia seguinte. Quanto ele está valendo agora? Uma fortuna, eu respondia para Bruno. Quando acaba o contrato? No fim do ano, mas ele vai embora antes. Onde você ouviu isso? Em nenhum lugar, mas duvido que consigam segurá-lo.

Eu dizia para Bruno que o procurador de Lima devia estar se mexendo, que as inscrições na Europa se encerravam antes de agosto. Não era difícil de prever, já naquele tempo era assim, e o fato é que em menos de dois meses você olhava para o campo e só via Marcos Vinicius. Quando o árbitro chamou os capitães, era só com isso que se podia contar. Os times já estavam em posição, havia o sorteio e a homenagem, agora é que o relógio correria de fato. Cinco minutos, dez minutos, cada atleta começando a se sentir à vontade. O peso certo da bola, a força certa do passe longo: cada vez menos chances de erros sem consequência, cada vez menos margem para pensar em alternativas.

Seria um tempo, um pequeno intervalo, o outro tempo. Depois o caminho de volta. Teríamos de fazê-lo a pé, claro, porque os ônibus são inviáveis na saída de um jogo assim. Essas noites são cheias de rituais policialescos, quem ganha sempre faz questão de cumpri-los nos bares, nos semáforos, em cima de caminhonetes de som. Bruno e eu, não: nós teríamos de ir direto. Nós teríamos de esquecer o resultado. Eu trouxera a chave, nosso prédio tinha elevador, o pai estaria à nossa espera com alguns anúncios a fazer. O primeiro deles, e só eu sabia disso até então, era que naquele domingo ele estava deixando o emprego na seguradora.

4.

Na época do minimercado nós morávamos numa casa. Havia um pátio com horta e balanço de ferro, mas eu gostava mesmo era de brincar na calçada. Aos sábados o pai lavava o carro, Bruno e eu o ajudávamos, era preciso encerar e tirar o pó dos bancos e limpar as palhetas do vidro dianteiro.

Quando o negócio foi à falência, nos mudamos para o apartamento. Metade do que tínhamos foi doada ou vendida. Na sala coube apenas um armário grande, um sofá de dois lugares, a mesa de vidro. A área de serviço era pequena e ficou abarrotada com as máquinas de lavar e secar. A empregada foi mandada embora, e o trabalho doméstico passou a ser feito pela mãe. Ela arrumava os talheres, as gavetas, os armários, o apartamento como um ente vivo que consome água e gás, que recolhe as sobras das brincadeiras, das refeições, uma demanda por assepsia e cuidado que não parava de crescer.

A maior parte da infância de Bruno foi passada ali. Ele gostava de conversar antes de dormir, tinha o sono leve, o pai deixava a luz do corredor acesa. A escola ficava perto de casa, eu já tinha idade para levá-lo comigo, um zumbi despenteado vestindo uniforme e carregando a mochila. Está tudo aí dentro? Está, ele respondia. Que matérias você tem de manhã? Português, ciências, educação física. À uma hora nós voltávamos, depois do almoço ele já ligava o rádio, em Porto Alegre há um programa de debates sobre futebol comandado por um professor de filosofia.

Meu irmão não era do tipo que se entusiasma por modelos de carro numa revista, por brinquedos ou figurinhas de chiclete. Nunca o vi assistindo a uma novela. Nunca o vi abrindo um livro espontaneamente.

A estreia dele num estádio foi num dia úmido, nas inferiores do Olímpico. Dizem que ninguém esquece a experiência, o nublado que se confunde com a fumaça do churrasquinho, o lateral esguio como nunca parecerá na televisão, mas não acredito que o interesse de Bruno tenha nascido ali. O interesse já estava dentro dele, o potencial de alguém como ele é latente desde a infância.

Para Bruno isso se materializou naqueles primeiros nomes: Jorge Veras, Valdo, Lima. Uma vez Lima anunciou o casamento com a falsa dona de um haras e os planos para abrir uma *butique de carnes*. Uma vez Lima entrou em campo e disse que estava sentindo choques elétricos na virilha. Todo ano ele ia à igreja de um bairro carente, tirava foto ao lado do padre, e de uma hora para outra você passa a acompanhar alguém como ele, a trajetória dele, o destino previsível dele: você passa a conhecer cada uma dessas biografias, você fica sabendo das pré-temporadas todo mês de janeiro, os jantares de dirigentes para definir contratações sem rosto, sem história, sem consequência, sombras destinadas a morrer num pôster se tiverem alguma sorte.

Foi por isso que não dei a notícia sobre o pai antes do Gre--Nal do Século? Eu sabia que a semana era como um rito, nós teríamos de passar por ela. Eu ficava pensando como seria dali para a frente, para mim faltavam poucos anos para conseguir alguma autonomia, com sorte uma faculdade e um emprego de meio turno, mas Bruno ainda tinha muito tempo. A quinta série não é nada, a sexta série não é nada, são muitas etapas ainda para que você perceba que o resto também não é nada. Pouco adiantava o pai falar sobre a nova vida, você precisa ajudar o seu irmão. Você agora não é mais criança. Você agora já tem quinze anos.

1989 foi o ano em que, dada a conjuntura, dada a maneira como as pessoas se comportam, dada a sorte que cada um tem nesta vida, eu tive de me confrontar com um dilema. Se fosse apenas a questão financeira, talvez eu não devesse me preocupar. Se fosse apenas a escola, o aluguel, a conta de luz, talvez eu nem mesmo devesse pensar no assunto. Mas havia a segunda notícia do pai, e é claro que Bruno não desconfiara de nada. Quando ele anunciasse que tinha pedido demissão, com o alívio de quem se livra de um fardo apenas rotineiro, também nos comunicaria que estava indo embora de casa.

5.

Uma vez ouvi um técnico dizer que o joelho é o coração de um jogador. Imagino o que é entrar no campo sem firmeza, o corpo como um móbile suspenso pela boa vontade dos zagueiros. Só de pensar nas garras de uma chuteira, de lembrar que dentro da chuteira há o peso de um homem adulto, que esse peso pode cair todo sobre o que é mais importante na sua vida, a garantia do seu futuro, o sustento das pessoas mais próximas, só de lembrar disso imagino que alguém como Nilson se sentisse imobilizado, impedido de chegar a menos de um metro de Trasante. E, no entanto, o joelho machucado era o esquerdo — a faixa na direita servia justamente para atrair quem tem a missão de quebrar um centroavante ao meio.

Nunca falei sobre Nilson para ninguém. Aliás, nunca falei muito sobre os enganos do Gre-Nal do Século, sobre como eles podem ter influenciado nos rumos daquele domingo, porque em geral as mudanças não são identificadas apenas num momento. É um processo, fica mais fácil acreditar, que começa muito antes e termina muito depois — que perdura ao longo da vida, nunca desaparecendo por completo. Eu poderia dizer que a história do meu pai indo embora começou não em 1989, mas em 1987, ou 1986, ou acho até que em 1985, num dia em que ele me levou ao mercado público no centro de Porto Alegre.

Eu não tinha aula naquela manhã, não consigo lembrar o motivo. Saímos muito cedo de casa, o pai tinha orgulho em acordar de madrugada. Quando eu tinha a sua idade, ele dizia, já trabalhava até escurecer para ajudar o seu avô. Eu tinha as mãos ásperas de tanto carregar caixa. Eu passava a tarde toda levando sacos de arroz nas costas.

Meu pai nasceu no interior e teve uma educação rígida. Ele falava das ruas de terra, da chuva que fazia riscos desordenados na laje na varanda, do sonho de ser dono de um posto de gasolina. Quando a gente é criança, ele dizia, nunca pensa em ser médico ou advogado. Nunca pensa em ser dentista ou contador. A gente pensa em dirigir caminhão, em ser comandante de navio. Você quer ser o quê, no futuro? Quer ser um empresário como eu?

Na década de 80, o centro não era muito diferente de agora. As lotéricas penduravam cartazes de zebras, os cinemas exibiam kung fu e pornô. O mercado era um pavilhão de sonâmbulos, fomos lá comprar peixe e temperos para o minimercado. Nós pusemos tudo na Kombi, uma das lanchonetes servia café de bule. Assim que sentamos, e o pai iniciou um concerto de goles barulhentos, como se estivéssemos em casa e aquela fosse uma manhã como qualquer outra, nesse momento a convidada dele chegou.

O nome dela era Juliana. Era magra e tirou um pacote da bolsa, um boneco de comandos, seu pai disse que você gosta de desenho animado. Ele passa a tarde vendo isso, o pai respondeu, o que não era verdade. Eu também lia gibis, jogava botão, Bruno era pequeno e eu ajudava a cuidar dele. Juliana tinha um perfume doce, baunilha ou cacau. Eu sentia à distância: ela sentou ao lado do pai, de frente para mim.

Os dois tiveram uma refeição amena. É a melhor pedida numa situação assim — um pão de sal cheio de manteiga, a louça ordinária coberta de farelos. O lugar servia mocotó para tomar com colher, havia umidade em cada azulejo do teto, mas apesar disso eles falavam sem esforço, no volume o mais baixo possível.

A conversa começou leve, Juliana contou sobre a festa--surpresa que estava preparando para uma amiga. Contou do banco onde dava expediente a partir das nove, reclamou do chefe com intimidade, o pai já devia ter ouvido aquilo antes. A maneira como ela falava era próxima a mim, também, o pai informara bastante a meu respeito. Ela perguntou sobre a escola, eu não tinha problema com as avaliações, ela quis saber do sistema de médias, como era calculado, se a contagem era por bimestres ou semestres ou se no fim do ano se somavam as notas e se dividia o resultado por algum coeficiente. Ela quis saber o que eu gostava de estudar, se os professores pediam muita lição de casa, se eu tinha horário para fazê-la, se eu me organizava o suficiente e se achava que o conteúdo das aulas era estimulante.

Tomei Nescau batido e raspei o fundo do copo com a colher. Juliana seguia no mesmo ritmo, nunca ouvi alguém falar tanto em tão pouco tempo. Depois descobri que ela não era tão nervosa, que era capaz de segurar meu ombro na saída, atravessar a rua ao meu lado e se despedir do pai como uma simples amiga que trabalha no centro.

É estranho lembrar desse dia. O pai dirigiu devagar na volta, fez questão de parar nos semáforos, de dar seta em todas as curvas. Ele acendeu um cigarro e ficou com o braço para fora da janela. Vez que outra se virava para mim, tenho certeza de que não estava constrangido, os comentários eram sobre o trânsito e o clima de outono e era preciso que eu participasse.

Quando chegamos ao minimercado, a mãe já estava guardando o turno no caixa. Descarregamos a mercadoria em silêncio, e o pai não se dignou voltar ao assunto. Até hoje não sei se o encontro com Juliana teve algum motivo especial, se ele teve algum receio de que eu fizesse alguma pergunta, mas o fato é que ele nunca ensaiou nenhum gesto de desconforto a respeito. Pelo contrário: nos anos seguintes eu fui tratado como uma pessoa mais velha, alguém com experiência para entender os motivos do pai, com a sabedoria para não exigir dele nada além da conversa de sempre.

6.

Este é um país maluco, o pai costumava reclamar. É só ver o que eles gastam com passagem e carro oficial. Se o governo não desperdiçasse tanto, ninguém ouviria falar de crise. Mas o que o governo faz? Em vez de cuidar das próprias contas, resolve se meter na nossa vida. O pai era capaz de passar o dia falando dos motivos por que o minimercado teve de fechar. Para ele não era um assunto encerrado, Dornelles e Funaro e Bresser e Maílson, aqueles ministros todos e suas mulheres cheias de maquiagem, aquelas reuniões de múmias com fotógrafos ao redor do sofá. Mesmo na época do Gre-Nal do Século ele ainda ficava nervoso ao ler uma notícia sobre a Polícia Federal, sobre alguém que foi apanhado estocando latas de óleo ou leite longa vida, um sujeito que acabou preso por vender um pé de alface sem consultar a tabela.

O pai ainda tinha esta mania dos comerciantes, ele gostava de misturar a pessoa física com o negócio. Ele não dizia *a loja vendeu*, e sim *eu vendi*, o que sempre foi um pouco de exagero: o minimercado nunca desmentiu o próprio nome, era um galpão com meia dúzia de corredores e três caixas. Eu tenho um açougue e uma gôndola de laticínios, eu tenho frutas e pilhas em pacote, e mesmo em 1989 o discurso dele se confundia com essa lembrança, o dia em que pela primeira vez ele deu a notícia de que nossa vida não iria ser como antes. Ao ouvir que ele estava indo embora de casa, foi disso que imediatamente lembrei, o pai anunciando a falência do minimercado um ou dois anos antes. Era a mesma expressão no rosto dele, até hoje eu tento descobrir se havia um tremor, uma ruga que demonstrasse apreensão, a dúvida sobre o que fazer em relação a nós, uma família não é nada mais do que isso, um cuidar do outro, não deixar o outro sofrer, não abandonar o outro, não trair, não pisar em cima. Eu tento até hoje descobrir se havia um lamento naquele rosto, ao menos um pedido de desculpas, um aceno sobre o fato de que mesmo a falência do minimercado já não dizia respeito apenas à mãe, a Bruno e a mim — e desde o dia em que fomos ao centro, e por algum motivo ele deixou que eu visse Juliana, qualquer criança era capaz de desconfiar disso.

7.

Minha mãe nunca leu uma apólice de seguro. Naquela época os planos não cobriam doenças preexistentes, as carências não eram reguladas por lei federal, não havia nada parecido com uma associação de consumidores, e mesmo assim é difícil acreditar que uma empresa grande, como a que pagava o salário do pai, precisasse mandar alguém vender de porta em porta em três estados diferentes. Se alguém perguntasse, eu ficaria até constrangido de repetir a história dele. Um caixeiro-viajante em 1989? Só falta você me falar no vagão-leito de um trem a vapor. É difícil acreditar que em tantos anos não tenha havido um erro, uma simples camisa trocada, a gravata que não está no armário nem no cesto nem no tanque, não é qualquer pessoa que engana uma dona de casa. Cinco dias longe, e é preciso que as roupas voltem cuidadosamente sujas, que o vidro de xampu se esvazie na velocidade certa, que haja uma escova de dentes insuspeita dentro da bolsinha, que nem por uma vez você se contradiga ou troque o nome da cidade ou faça uma descrição imprecisa do hotel e do coreto e do sujeito que é dono de uma loja de aquários em plena região da campanha.

O pai acordava cedo, dizia que preferia tomar café já na

estrada, é melhor evitar o horário de pico. Ele levava o cabide, a pasta, a agenda. Até sei como era depois: em vez de sair da cidade, ele comprava o jornal, matava o tempo numa padaria. Logo era hora do expediente na companhia de seguros. Durante anos bastou um simples telefonema — era só a mãe se dar o trabalho, e, numa tarde em que o pai deveria estar a trezentos quilômetros de distância, ela ouviria a voz, o mesmo tom no outro lado da linha, a clareza de uma ligação local.

A companhia tinha um escritório amplo e austero. Os funcionários saíam às seis e quinze. O pai esperava com disciplina, à tardinha é escuro no inverno, mais difícil reparar no que você está fazendo em Porto Alegre. Era um trajeto curto, de qualquer forma. O pai só tinha de se livrar da Oswaldo Aranha, esperar o engarrafamento no túnel, se arrastar pela Mauá até o formigueiro dos quartéis, e Juliana o esperava num prédio da Duque de Caxias.

Ela era mais nova que a minha mãe. Você olhava para o rosto dela e via uma pele mais nova, uma boca mais nova, dedos que não estavam rachados do detergente. A mãe era dona de casa, Juliana trabalhava no banco. A mãe usava pano e estopa, Juliana tirava férias completas. Ela era do tipo que recorta classificados do caderno de turismo, em Goiás há uma caverna onde você pode passar trinta dias com um fogareiro e um tubo de repelente. Em Goiás há essa vantagem, você pode passar trinta dias a quilômetros do ser humano mais próximo, conheço uma pousada cujo dono tem autorização do Ibama para fazer trilha e *não* usar chinelo de borracha.

Nos anos 80, uma agência de banco ainda era entupida de funcionários. Havia uma pessoa no caixa, outra nos investimentos, outra no crédito, era a rotina dos cheques de baixo valor e das transferências para fundos de pernoite. Dava para fazer uma carreira ali. Dava para planejar uma vida, o horário não era tão difícil, o atendimento ao público não era tão desgastante. É preciso ficar atento, não é só de licença que vive um funcionário, não é só de dissídio e de gratificações a cada cinco anos. Existem filiais espalhadas por todas as regiões, cargos comissionados, cargos de confiança, uma infinidade de chances para construir o futuro, por que Juliana deixaria de aproveitá-las?

O pai deve tê-la ouvido num daqueles cafés da manhã, talvez até no mercado público. Talvez até quando estivessem falando de mim, no que eu faria quando soubesse dos novos planos. Goiânia é uma cidade nova, o pai dizia. Há muita coisa ainda a ser feita por lá. Tenho certeza de que nem almoço de bufê eles conhecem direito, nem telentrega, nem salão de beleza. Nem afiação de faca, se você der chance. Nem energia elétrica, se duvidar.

Na arquibancada do Beira-Rio, eu relembrava o que já ouvira falar sobre Goiânia: o Serra Dourada, os sobreviventes do Césio 137. Não era muito diferente do que eu ouvira de Salvador ou de Bruxelas. Até os quinze anos eu saí pouquíssimas vezes de Porto Alegre. Eu viajei para o interior, estive uma vez em Curitiba, mas o fato de o pai ir morar tão longe, num lugar tão improvável, dependente de um fator tão incerto quanto uma viagem de ônibus ou tão inusitado quanto um bilhete aéreo, tinha um significado mais profundo. Eu conhecia gente cujos pais eram separados, mas não era esse o caso. Eu conhecia gente que enfrentou problemas por causa da separação, mas não era disso que se tratava. Eu conhecia gente cuja vida parecia afundar, colegas de escola que se deixaram abater, destruir por causa de uma ocorrência tão simples como essa, um pai insensível, um pai inconsequente, um pai irresponsável, eu não era ingênuo a ponto de ignorar casos assim — mas, repito, não é só disso que estou falando.

Porque não foi somente o pai que tomou a sua decisão. Eu também precisaria tomar, na arquibancada do Beira-Rio eu deveria ter essa consciência. Na segunda-feira anterior ao jogo ele disse que estava de saída para mais uma viagem. Foi na segunda à tarde, e ninguém estranhou o horário incomum. Ele me pediu que o ajudasse na garagem, era preciso tirar uma maleta de ferramentas do porta-malas ou coisa do gênero, e quando entramos no elevador o tom de voz dele já era outro. Eu o acompanhei até o carro, ele terminou de me dar a notícia sentado, eu ao seu lado no banco da frente, você já está crescido para saber.

Juliana seria promovida a gerente, e a agência onde ela trabalharia ficava no centro de Goiânia. O pai pensava em abrir um negócio, em morar numa rua tranquila. Ele falou de uma casa tranquila, de uma vida tranquila, foi o termo que escolheu, *tranquila*, lembro bem dessa palavra, a naturalidade com que ele a usou dentro do carro, a desfaçatez com que ela foi pronunciada na garagem escura e vazia. Eu ouvi essa desfaçatez sem esboçar reação, eu esperei que ele terminasse de falar e me desse um beijo de despedida, eu bati a porta quando o motor já estava ligado, e fiquei mais alguns minutos ali antes de voltar ao apartamento, e por ter sido tão pacífico naquele instante, tão compreensivo, tão incapaz de deixar um interlocutor numa situação de constrangimento, agora o fato estava consumado e era baseado nele que eu devia agir.

34

8.

A segunda surpresa do Gre-Nal do Século foi Marcos Vinicius. Até então, sua única tarefa em Porto Alegre era lembrar a saída de Lima, um espectro ainda presente em tudo o que se dizia sobre aquele jogo, em tudo o que se afirmou sobre centroavantes no Rio Grande do Sul. Eram oitenta anos de brigas, voadoras dadas por goleiros reservas, juízes advertidos por dirigentes bacharelescos, a fúria de um século de província acumulada numa certeza: Marcos Vinicius não era Lima, não poderia ser, não tinha a sorte nem os genes para sequer figurar na mesma fotografia, e no entanto, ao cair pelo lado esquerdo desde o início do jogo, com uma leveza que ninguém esperava, uma agilidade que não tinha sido vista, foi isso que apareceu não só diante da imprensa, dos dirigentes, do policiamento ostensivo, de cada ocupante da coreia e das cadeiras e das sociais e da arquibancada, mas também de mim.

Não posso dizer que tenha presenciado algo assim antes, mesmo com tantos anos passados dentro do estádio, mas em teoria eu não devia me contaminar: Marcos Vinicius pensando como Lima, chegando perto de Luis Carlos Winck a exemplo de Lima, posicionando-se discretamente ao seu lado como só Lima poderia fazer, e durante esses cinco ou seis segundos, ele iniciando uma arrancada inédita, inesperada, inverossímil — durante esses segundos eu deveria estar pensando era em Juliana e na minha mãe.

Eu deveria estar pensando em como seria lidar com a minha mãe agora. Se fosse na época da nossa casa, talvez bastasse mantê-la distraída. Bastaria fazê-la se ocupar com os móveis, é bom usar descanso para copos e passar óleo de peroba uma vez por semana. Havia um plástico sobre o aparelho de som, um calendário na cozinha, a imagem de santa Eulália, ou Bárbara, ou Rita de Cássia.

Durante quase todo o tempo em que moramos na antiga casa, ninguém diria que a minha infância não era típica. Ninguém diria que eu não era uma criança típica, aos onze anos eu ajudava a lavar o carro, havia sábados em que o céu de Porto Alegre não tinha uma única nuvem. O pai carregava o balde e o pano, e duvido que alguém dissesse que havia algo de errado no fato de a mãe espiar pela janela — eu coberto de espuma na calçada, Bruno só de cuecas, brincando de bater os tapetes, à tarde iríamos ao shopping center.

Na Porto Alegre daquele tempo um shopping ainda era novidade. O primeiro deles ficava numa zona erma, havia boatos de que o prédio tinha sido construído às pressas e de que a cobertura estava prestes a cair. Seria um passeio de tarde inteira, o pai prometeu que tomaríamos milk-shake, a mãe disse que precisava de uma bolsa e de um vestido. No shopping havia a loja-âncora, a escada rolante, o relógio de água, o elevador de vidro.

Eu sempre tentei me pôr no lugar de alguém como a mãe. Era preciso me ver em 1989, eu com marido e dois filhos e um pensamento que sempre volta, você tenta afastá-lo mas ele está ali, você lembra da tarde em que iria ao shopping, em que chegou a se arrumar para ir ao shopping, era sincera a intenção ao se olhar no espelho e arrumar o cabelo, mas a imagem que vem à cabeça não é essa. O que você lembra, o que você intui e quase sente como se estivesse acontecendo de novo, é que naquele dia você não terá força para sair de casa.

Por quanto tempo a mãe pensou a respeito? Quer dizer, contando tudo: a época em que ela mal saía da cama, em que alguém tinha de arejar o quarto pela manhã, em que até para comer ela precisava de incentivo. Até eu fazer doze anos? Treze? Quinze?

De alguma forma a vida sempre volta aos eixos, pelo menos nas aparências, na superfície do que se comenta para não machucar ninguém. Bruno talvez não tivesse nenhuma lembrança, mas a verdade é que a sombra desse passado ficou. Dava para senti-la a cada noite em que o pai chegava das viagens, em que a mãe o recebia com o forno ligado, o prato já na mesa. O pai a cumprimentava até que com boa vontade. Ela contava o dia. Primeiro era um comentário sobre o apartamento, a quantidade de pó acumulado, uma pessoa sozinha não dá conta de tudo, seria bom se alguém se desse o trabalho de pendurar a roupa no cabide. Eu podia ver o pai sendo anestesiado, as considerações dela mudando de tom, e a memória daqueles diálogos é a de um murmúrio dando lugar a um desconforto, o humor dele se avinagrando a ponto de não tolerar nem mais uma queixa, seria bom se você prestasse mais atenção na casa, ficasse um pouco mais em casa, ao menos fingisse que tem alguma vontade de ficar em casa — eu podia sentir a impaciência no ar, ele chegava a tremer o pescoço ao se sujeitar a uma simples resposta.

A mãe reagia num silêncio desapontado. Ou melhor, num silêncio de surpresa, como se o comportamento dele fosse gratuito, incoerente. O número durava dias, ela dando boa-noite apenas para Bruno e para mim, o pai olhando fixo para o prato. Ele não nos dirigia uma única palavra. Mais tarde ele aparecia com alguma novidade, algo que lera ou ouvira falar e que nada tinha a ver com nenhum interesse meu ou de Bruno ou de qualquer pessoa que tivesse recém assistido à cena: na manhã seguinte teríamos de voltar à mesa, e era preciso esquecer o estado da mãe depois de cada uma das explosões, quando o pai perdia as estribeiras com ela. O pai também tinha o seu limite, havia um ponto em que ele não se importava mais que estivéssemos presentes, ele não conseguia deixar de agir para reduzir a mãe a quase nada.

Já naquela época eu pensava no que se diz de pessoas como ela, no que acontece quando você as abandona, quando esquece que elas chamam você ao quarto depois da tempestade. Não foi uma vez apenas que eu me vi ali depois das explosões do pai, a mãe de cabelos soltos, ela começava dizendo que eu sempre fui um ótimo filho. Eu era o melhor filho que alguém poderia ter. Eu nunca fiz mal para ela. Eu nunca a decepcionei. Eu nunca a traí, ela dizia, e então vinha um sussurro, uma contração, os últimos fios de resistência, então você se deixa quebrar ao meio até com uma sensação de alívio: não foi uma vez apenas que ela disse que precisava de ajuda. Ninguém percebe o que acontece comigo. Ninguém percebe que sou assim desde que me conheço. É só você que sabe, ela dizia: ninguém percebe que não estou mais aguentando.

9.

Na arquibancada do Beira-Rio, no momento em que vi a arrancada de Marcos Vinicius, eu deveria estar pensando no que significavam as palavras da mãe. Eram trinta e sete do primeiro tempo. A bola foi enfiada atrás da zaga, mas eu não podia me distrair. Marcos Vinicius tinha uma carreira de vinte metros pela frente, mas eu jamais deveria me envolver. Eu seria um monstro se nesse caminho, Marcos Vinicius chegando perto da área, a bola já diminuindo a velocidade, Taffarel como um pau de ferro entre duas traves distantes, oitenta mil pessoas em suspense, o movimento final do corpo, um canhão vindo do bico para arrebentar a malha e furar o teto e explodir o cimento — eu seria um monstro se acompanhasse Bruno, e não pensasse na mãe, durante os instantes que seguiram o gol do Grêmio.

Porque era isso que a mãe pedia de mim. Bruno pulou com a mesma intuição do resto do estádio, do resto do país que via o jogo pela TV, mas me juntar à euforia era não entender o pedido da mãe. Ao dizer que não estava mais aguentando, ela dava o mesmo aviso que deu no dia em que iríamos ao shopping.

39

Ainda penso a respeito daquele sábado, e a tendência é que tente remontar cada passo, como se fosse possível estabelecer um encadeamento linear. Nós terminamos de encerar o carro, o pai recolheu a mangueira e o balde junto com Bruno, e o fato de ter sido eu o primeiro a entrar em casa, pouco depois de a mãe ter olhado pela janela, de eu tê-la visto e não ter notado nada em seu rosto, é o centro dessa relação de causa e efeito. Dentro de casa estava silencioso. Na arquibancada do Beira-Rio eu deveria estar pensando no momento em que abri a porta. Se houvesse sido o pai, ou alguém mais velho, alguém que pudesse dar a notícia depois, à distância, com as palavras negociadas e a solução já conhecida, talvez houvesse sido diferente. Mas não foi: restava a mim lembrar da escuridão, do barulho das chaves balançando sob a maçaneta. Meus pés ainda estavam molhados. O carpete era alto e felpudo. Eu atravessei a sala ainda me acostumando à luz, é possível que cite os detalhes do caminho, o sofá do qual me desviei, um armário com vidro e espelho. A parede do corredor era lisa. O interruptor ficava próximo ao rodapé. Foi então que entrei no quarto. A mãe estava caída ao lado da cama.

(…)

10.

Há um livro muito bom sobre essa doença, um escritor americano que relata o próprio caso e entrevista dezenas de pacientes em uma dúzia de países. Um deles é uma mulher que todos os dias encostava o ouvido na porta do banheiro onde a filha pequena cantava. A mulher acabou passando por um tipo de tratamento cuja simples menção costuma assustar, mas antes, na fase em que estava vulnerável, exposta à pior das armadilhas em que um indivíduo pode cair, ela se concentrava naquela voz. A melodia infantil era a única ponte entre o mundo reconhecível, ao qual uma certeza anterior dizia que ela tinha de se agarrar, e o mundo das cinzas, em que ela imergiu também não se sabe por quê.

A doença da minha mãe tem uma infinidade de formas e tratamentos — e nenhuma razão conhecida. Saber disso hoje, quando já tive oportunidade de estudá-la a fundo, é rápido e cômodo. É adulto, digamos assim. Mas era diferente quando ela se recuperava pela primeira vez. Eu a visitei no hospital com uma caixa de bombons que o pai pôs em minha mão. O quarto tinha um sofá onde ele dormiu nas primeiras noites. A mãe vestia pijama, parecia sonolenta, disse que estava feliz de me ver.

Depois é que o aprendizado começou, no longo período de convalescença. Primeiro é uma palavra que não pode ser dita, ninguém em casa falava em pílulas, comprimidos, remédios. Ninguém jamais mencionou a estranheza que deve ter sido ver um copo d'água ao lado da cama da mãe, com a marca dos lábios em sua borda — um copo pela metade, que ficou ali até o dia seguinte, quase até a volta dela do hospital.

Eu seria capaz de entender muito cedo, rapidamente eu tiraria o extrato de conversas ouvidas aqui e ali — conversas do pai, de um médico na televisão, de uma conhecida que deu o diagnóstico completo sem saber que eu estava atrás da porta. Eu fiquei sabendo que pessoas assim podem hesitar, que no meio de uma conversa podem travar de súbito, há relatos de gente que teve de ser carregada para casa e por muito tempo não foi capaz de apanhar um sabonete sem ajuda.

Eu logo descobri que não era uma tristeza imediata, um rosto que você aprende a decifrar depois de uma decepção qualquer de todo dia. A mãe variava muito de ânimo, mas, quando estava em baixa, era sempre a mesma. Eu a via esquentando água no meio da tarde, preparando o chá antes de dormir de novo. Por vezes ela estava combalida de verdade, era como um rito, ela pedindo que eu deitasse ao seu lado com uma voz baixa, cada frase contradizendo o conforto que eu sentia sob as cobertas. É o melhor lugar onde uma criança pode estar, mas até eu sabia que havia algo de inquieto, de errado ali.

A mulher do livro conta que sua luta era para se concentrar na voz que vinha do banheiro. Se não conseguisse suportar o desconforto, se fraquejasse e decidisse terminá-lo com um gesto até certo ponto simples, é provável que a filha nunca mais conseguisse cantar. A filha recém aprendera a tomar banho sozinha, sua voz era a alegria mais vívida e presente da casa, e foi isso que segurou os piores impulsos da mulher. Eu hoje entendo a situação, sei que talvez não haja sofrimento maior, sua própria consciência o arrastando num fluxo de preguiça e horror, mas era impossível deixar de pensar assim naquela época: no que minha mãe poderia ter se concentrado na manhã em que foi para o hospital. Deitado junto a ela, deslizando rumo ao sono estanque e sem imagens daqueles anos, eu já tinha autonomia para fazer e refazer a pergunta que nunca teria resposta. Por que ela desistiu de se concentrar? Por que ela nem mesmo tentou se concentrar?

11.

A doença da minha mãe tem uma peculiaridade, as pessoas ao redor do paciente formam uma irmandade tácita. Há toda uma rede de colaborações e entendimentos mútuos, ninguém precisa confessar ao outro como a situação às vezes pode ser trabalhosa. Quando o pai me falou que iria embora, eu já tinha essa experiência, haviam sido anos observando como ele lidava com os ciclos da mãe. Era ele que acompanhava os picos e recaídas, as tentativas para estabilizar um quadro desde sempre imprevisível, desde sempre impermeável a quem se limita a assistir de fora.

Nas poucas vezes em que falei com Juliana, o nome da mãe não foi mencionado. Se fosse, tenho certeza de que ela ficaria quieta ao ouvi-lo, uma postura solene, respeitosa. Juliana sempre quis se mostrar agradável, um esforço para não ser confundida com uma dessas personagens do subúrbio, uma dessas secretárias que toleram a conversa do chefe sobre a esposa doente, a alma sensível que não resistiria ao abandono, mas o disfarce não era dos melhores. Por trás havia o retrato que o pai traçou da minha situação. Nas conversas que os dois tinham a sós, ele devia se sentir à vontade para descrever o que era morar numa casa como a nossa.

Juliana sempre falou comigo tentando amenizar o desconforto, a obrigação de prestar solidariedade e fazer as perguntas esperadas de alguém tão compreensivo. Não há nada pior do que cair nessas armadilhas, ter de dar as respostas esperadas, falar da escola e de amigos e de qualquer coisa que deixe seu interlocutor aliviado, contente de não precisar ouvir o que aconteceu desde o primeiro dia, desde que vi a mãe deitada de bruços, o braço para fora da cama, e mesmo na penumbra você percebe o tom da pele, não há um único pigmento ali, um único sinal de pulso, de sangue, de vida.

Eu a chamei com voz alta, então a sacudi, então fui correndo até a porta e gritei para o pai de longe, e desde aquele dia passei a imaginar o que acontecia quando eu ia à escola, quando a mãe ficava sem vigilância, a manhã de segunda até que alguém voltasse, a manhã de terça, de quarta, de quinta. Eu pensava nos médicos, nos remédios, nas receitas e simpatias, nas visitas a um terapeuta, depois a outro, depois a um terceiro, em como a mãe reagia a isso tudo enquanto eu saía de casa, às vezes era logo depois do almoço, eu quase pulava da mesa e puxava Bruno e batia a porta e era com alívio que já estava na rua.

Nós íamos sempre rumo ao ponto de ônibus. Já conhecíamos os motoristas e os cobradores do horário. Não era óbvio que tantas tardes fossem passadas no Olímpico, mesmo quando não havia nem treino com bola? Que naturalmente procurássemos aquela calma, o concreto cheio de rugas da arquibancada, o som do cortador de grama indo para lá e para cá?

Havia uma sombra generosa sob a marquise das superiores, éramos nós e meia dúzia de velhotes. Eu levava Bruno para o mais alto dos degraus, de lá víamos os jogadores e sua sequência de exercícios. Eles corriam em volta do gramado, faziam zigue-zague entre os cones, abdominais com bola e em dupla, rotinas de fundamentos. Eles repetiam cinquenta vezes o mesmo passe, o mesmo escanteio, o mesmo pique até o fundo, e me entregar àquela pasmaceira, à anestesia que eu aproveitava em silêncio ao lado do meu irmão, era a forma de escapar das perguntas de pessoas como Juliana — os que só viam em mim alguém obcecado por uma lembrança, minha mãe indo embora sem pensar nas consequências, sem pensar no que eu faria sozinho, no que eu faria sabendo que ela não se importava que eu estivesse sozinho.

12.

Já li muitos tratados que tentam definir os vínculos do futebol, todos encharcados de intenções as melhores possíveis. Dizem que tudo depende da influência de uma pessoa próxima, do quanto você a respeita e confia nela, do quanto você está disposto a ir até o fim por ela. Durante as férias anteriores ao Gre-Nal do Século eu assisti ao telejornal junto com Bruno, numa das reportagens apareceu Marcos Vinicius almoçando com a família. A imagem era de uma casa modesta, e posso descrever com clareza, dezembro de 1988, como meu irmão era capaz de reagir ao vê-la. Ali estava a ingenuidade de Marcos Vinicius, o despreparo dele, e era como se o desconforto de Bruno com a cena de alguma forma se devesse a mim. Eu é que o havia puxado pelo braço, como o pai tinha feito comigo antes, e insistido até que essa mágoa por algo tão abstrato, um time vestido de azul, preto e branco, se incorporasse como um afeto próprio.

O pai me levou ao Olímpico desde muito cedo. Sou capaz de dar os detalhes do meu primeiro jogo: uma saída errada de Corbo, um gol de cabeça de Valdomiro, os tambores de lata dos vendedores e a almofada suja e o amendoim vencido. As melhores lembranças de alguém podem se resumir a isto, o cheiro de conhaque entre homens de poncho, as vozes arranhadas de cigarro e orgulho, o medo de que alguém puxasse uma faca ou revólver em meio à multidão. Se você perguntar sobre o que me distraía na época do Gre-Nal do Século, é esse o quadro que tenho a oferecer. Se você quer saber o que eu fazia aos quinze anos, se havia uma garota por quem eu me interessava, alguém a quem você se dedica sem exigir nada em troca, que você tem medo de perder não por motivos egoístas, mas porque é uma presença que basta, que impede você de pensar no que foi ou poderia ter sido, é esta resposta que eu tenho de dar: eu em frente à televisão, também olhando para Marcos Vinicius, ainda a sombra do tempo em que esperava a semana inteira para ir ao estádio com o pai. Em que os domingos eram longos, e eu observava as variações de comportamento dele, a ansiedade e a fúria e as enchentes de alegria até o lance seguinte, até o desfecho dos turnos e returnos e quadrangulares e hexagonais, até que a lembrança de nós ali, de pé, lado a lado, os dois protegidos da chuva, até que essa lembrança morresse com os anos seguintes ao episódio do shopping.

13.

Marcos Vinicius passou o intervalo do Gre-Nal do Século sentado, no centro do vestiário, enquanto todos os jogadores pareciam se alimentar de sua estrela. Quando você imagina uma cena assim, Marcos Vinicius como o mais confiante entre os vinte e dois que iniciaram a partida, é comum sentir uma certa melancolia. Com um pouco de experiência você sabe que o caminho de alguém como ele é sempre o mesmo, os giros da sorte são sempre iguais, e que no fim das contas não vai fazer diferença — ele terminará esquecido, cuidando do ginásio esportivo de uma escola de ensino médio, bolas devolvidas depois do recreio, aros sem rede para meia dúzia jogar basquete. Onde está Marcos Vinicius hoje? Onde estão Luis Carlos Winck e todos os outros?

Ter onze anos é começar a fazer essas descobertas. Não é à toa que estou falando de Bruno. Foi quando eu tinha a idade dele que aconteceu o episódio do shopping. Se você traçar uma linha a partir dessa data, com a recuperação da mãe, o café da manhã com Juliana, a falência do minimercado, as viagens do pai e o dia do Gre-Nal do Século, são quatro anos de história — a exata diferença entre nós. O exato período em que aprendi o que ele agora, enquanto os times lentamente retornavam a campo, estava pronto para começar a aprender.

O episódio do shopping, imagino, resume-se a alguns flashes para Bruno. São memórias fragmentárias de um sábado que começou radiante, um jato de mangueira no mormaço e na luz. Ele sempre tomava banho enquanto o carro era lavado. Não há nada que divirta mais uma criança de sete anos de idade.

Bruno gostava de pequenas tarefas. Os pneus brilham com uma solução de água e açúcar. Você pode usar este pincel, eu dizia para ele. Você pode passar as cerdas no meio das ranhuras. Você deixa a borracha negra, limpa como se tivesse vindo da fábrica, e no final do serviço, enquanto ainda está molhado da cabeça aos pés, enquanto vê o pai descansando sem camisa no meio-fio, seu irmão mais velho já está dentro da casa, no quarto onde sua mãe acaba de tomar um vidro de remédios.

Eu imagino o que é assistir àquelas cenas quando você tem sete anos. Você não chega a compreender o que significa ver seu pai pondo um corpo no banco de trás, de longe você sente o hálito dele, a boca seca de quem está imbuído de uma missão inadiável. Essa deve ser a imagem mais pura, mais fiel do que aconteceu, porque é só o carro ir embora para que tenham início quatro anos de encenação.

Eu fiquei sozinho com Bruno enquanto o pai levava a mãe. Logo um amigo da família chegou com as primeiras notícias. Tudo o que ficamos sabendo era que ela passou mal e teve de ser socorrida, mas a minha percepção, é óbvio, foi desde o primeiro momento diferente da de Bruno. Em uma semana ele estava brincando como antes. Em uma semana, não, em um dia. Em uma hora, talvez. A mãe também sorriu para ele no hospital, e nunca mais ninguém tocou no assunto.

Para mim aqueles quatro anos são um mergulho nas perguntas que toda criança se faz. Desde o primeiro dia eu é que falava com Bruno. Eu é que me encarreguei de explicar a ele quando as brigas se tornaram frequentes. Eu dizia para Bruno que o pai logo estaria calmo, a mãe dormiria também, ele tinha trabalhado muito e ela estava muito cansada, e, quando a gente está cansado, às vezes se irrita com facilidade. Você mesmo chorava quando era bebê, eu dizia para Bruno. Eu lembro de você no berço, pobres dos vizinhos se alguém esquecia de dar mamadeira. Eu lembro de você crescendo, nós íamos até a praça, você usava abrigo e um gorro de lã no inverno. Bruno completou oito, nove anos, uma época em que o mundo se resume ao que você vê em casa. Para ele o mundo eram aquelas discussões agora quase diárias. Eram os impulsos do pai anunciados por um prato que se quebra, por um copo ou uma jarra, o azulejo da parede rachado e o chão com vidro e suco de laranja.

Para Bruno o mundo era não saber por que o pai fazia aquilo, por que chegava um ponto em que ele tinha de pôr para fora, deixar a raiva explodir e se estilhaçar como uma vingança. Meu irmão fez dez, onze anos sem que em nenhum momento eu explicasse por que o pai deixava a cozinha daquele jeito, a casa toda em cacos, a mãe juntando a sujeira antes de se recolher e desabar no quarto. Eram as noites mais demoradas, eu ouvia a respiração de Bruno no escuro, por muito tempo eu sabia que ele não estava dormindo e que a qualquer sinal ele estaria pronto para ouvir uma explicação.

A qualquer sinal ele estaria disposto a me ouvir fazendo uma ligação óbvia, o silêncio da casa e o episódio do shopping, o silêncio da casa e a vida que o pai teve de levar depois do sábado do shopping. Para Bruno soaria como algo perdido no tempo, uma relação baseada num fato de que ele não lembrava, que para ele nem mesmo tinha acontecido, o pai confinado desde que a mãe voltou do hospital. Durante quatro anos o pai acordou com essa sensação, estou no lugar errado, ao lado da pessoa errada, você sabe o que é estar condenado a isso? Você sabe o que é viver sabendo que qualquer movimento, dado o histórico dessa pessoa, a fraqueza dela, a chantagem que se torna um hábito para ela, pode botar tudo a perder?

Durante quatro anos ouvi as palavras da mãe nas brigas, ela fazia sempre as mesmas perguntas, por que você faz isso comigo?, por que você faz questão de me torturar desse jeito?, e sabia que no fundo elas tinham outro significado. As acusações eram lembretes, na verdade, e os lembretes eram ameaças, no fim das contas, e era como se ela dissesse ao pai que o sábado do shopping podia acontecer de novo. Era como se ela dissesse, estou disposta a me vingar de novo. Estou disposta a ir de novo até o final, e é isso que vou fazer se você virar as costas para mim.

14.

Eu não podia dizer a Bruno que desconfiei do pai desde o início. Não foi só por causa da falência do minimercado, das viagens da companhia de seguros ou porque ele deixou de ir ao estádio, de nos levar uma única noite ao cinema ou a um restaurante. Eu olhava para ele na porta, com as roupas que nunca vestiu em nossa companhia. Ele nos beijava antes de sair, lembro do perfume, uma água-de-colônia que nunca senti quando a mãe estava junto. Com a mãe ele usava as camisas de sempre, os mesmos sapatos do trabalho, a loção pós-barba de todo dia.

Uma criança como Bruno não sabe ainda por que um pai age assim, se ele faz tudo para ficar longe de casa só por causa da mulher ou se os dois filhos também são parte do problema. Eram dúvidas que eu tinha só para mim, você não precisa confundir a cabeça do seu irmão de onze anos. Nessa idade, imagino, você não precisa se perguntar se as pessoas gostam de você. Ou, como a mãe dizia durante as brigas, se demonstram o suficiente que gostam de você. Ou, como a mãe repetia até que o pai fizesse o estrago de sempre durante as brigas, se estão dispostas a se sacrificar justamente porque gostam de você.

57

Durante as brigas, a mãe nunca chegou a falar explicitamente de Juliana, ou de alguém como ela, mas em todas as acusações eu via traços da história que começou quando tomei café com o pai no mercado público. Com o tempo a lembrança se tornou estranha, é natural que você se pergunte de onde saiu aquela amiga que se dispõe a acordar tão cedo. Uma amiga que o pai não mencionou quando entramos na Kombi, depois do café, quando voltamos para o minimercado e a mãe perguntou se estávamos com fome.

Naquele dia o pai pediu que eu não comentasse sobre o encontro no mercado público. Ele disse que a mãe ficaria chateada se soubesse que comemos na rua. A sua mãe não gosta, ele disse, quando paro em lanchonetes e barracas de cachorro-quente. Eu faço isso escondido, ele teve a coragem de dizer, porque estou me esforçando para não deixá-la ainda mais nervosa.

Ainda não cheguei a uma conclusão sobre o que aconteceu de verdade ali. Já pensei que Juliana pudesse ter aparecido de surpresa, mas a hipótese não faz sentido. O horário era o pior possível, ela não tinha como adivinhar onde estávamos, e na conversa deles não transpareceu nenhum espanto, o pai nem mesmo arregalou os olhos quando a viu.

Ele nem se mostrou nervoso. Às vezes penso se não foi por insistência dela, como se me conhecer fosse uma prova de lealdade e por algum mecanismo psicológico isso desse segurança a uma relação tão precária, mas custa acreditar que o pai caísse numa conversa assim.

Os movimentos dele durante aqueles anos são inexplicáveis em todos os aspectos. Lembro das vezes em que estávamos sozinhos, em que ele parava num orelhão para dar um telefonema, em que estacionava na Duque de Caxias para entregar uma sacola. Não foi uma nem duas entregas, olhando para trás eu me vejo esperando ali por meia hora, uma hora, e mesmo assim não consigo entender qual era a vantagem dele. Uma rápida visita a Juliana? Um doce de figo e um copo de suco, quando na semana seguinte eles dormiriam juntos todas as noites?

A Duque de Caxias passa em cima da Borges de Medeiros. É um viaduto de arcos cheio de lojas de couro e revistas usadas que nunca viram uma nota fiscal. Os comerciantes se escondem atrás de portas minúsculas. Lá de cima você enxerga um fiapo do rio Guaíba. Porto Alegre chega a ser uma cidade bonita nesses domingos à tarde, quando seu pai resolve usar você como álibi, ele deixa sua mãe vendo os programas de auditório enquanto o leva para passear. Ele diz a ela que vocês dois tomarão sorvete, diz a você que precisa fazer um serviço no caminho, e mesmo assim é difícil aceitar que tanta logística tenha sido armada só para isto: para que você um dia canse de esperar no carro e resolva se distrair com o movimento sob o viaduto. Você então caminha ao longo da mureta. Você se esgueira de poste em poste. O prédio de Juliana fica uns trinta metros à frente, mas dali mesmo já dá para ver a cena: o pai e ela no portão, eu imediatamente os reconheci.

É difícil aceitar que o pai tenha feito isso como parte de um programa educativo, eu aos poucos tomando ciência do problema, criando a casca que me faria entender todos os ângulos da situação. Eu juntaria as evidências em relação a Juliana, à chantagem da mãe, à perfídia dela em usar os próprios filhos e a própria vida como moeda de troca, e disso concluiria que o pai também era uma vítima. É natural que você se identifique com quem está acuado dessa forma. Você instintivamente fica ao lado de quem reage dessa forma. Com quem aguenta por tanto tempo antes de se rebelar dessa forma: a única defesa dele durante as brigas era pegar um copo, havia uma pilha de louça sobre a bancada, e toda a força que ele tinha se concentrava naquele arremesso.

O barulho do vidro se espatifando era como uma liberta-ção, e eu deveria entender que aquele era o último recurso. Eu deveria me pôr no lugar do pai, me perguntar se faria o mesmo caso estivesse ali, ele diante da mãe, a um passo de fazer o que precisa ser feito. Ela insinua que a escolha é toda dele. Que ele será o responsável por uma tragédia. Que o futuro de duas crianças depende dele, e para quem está olhando de longe é apenas um passo agora. Um centímetro antes de ele tomar a atitude que se espera. Um gesto somente, e ela então vai ter o que merece. Uma pessoa assim sempre pede, sempre acaba tendo o que merece.

15.

A casa ficava em silêncio depois das brigas, e aos poucos o ódio era substituído por um mal-estar, o arrependimento por algo que você nem chegou a fazer. Dava para sentir isso na maneira como o pai caminhava de volta para o quarto, como voltava a falar com a mãe ao longo da semana seguinte. No início eram apenas murmúrios, a tentativa de mascarar uma situação que estava exposta, mas depois passava a ter uma fachada rotineira, uma tolerância que para Bruno talvez tivesse a aparência da vida normal. Para mim, era um equilíbrio cada vez mais provisório. Eu sabia que o pai já tinha aguentado demais, que era apenas uma questão de tempo.

O mal-estar é uma sensação que se mistura no dia a dia, que vai tomando formas inesperadas à medida que você se acostuma a ele. A angústia se torna pior do que o fato temido em si, um fato para o qual você passa a criar versões detalhadas, cheias de motivos incongruentes. Eu imaginava que seria mais ou menos como aconteceu na segunda-feira anterior ao Gre--Nal do Século: o pai abriu a porta do quarto e me chamou para ajudá-lo na garagem. Bruno estava ao lado, duvido que tenha achado estranho o convite, era natural que o pai precisasse de mim antes de sair para mais uma viagem.

Eu imaginava que ele iniciaria a conversa pelas lembranças de sempre, a história de sua vinda para Porto Alegre. Ele tinha mais ou menos a minha idade, precisou arrumar emprego num armazém, foi ali que aprendeu tudo o que precisava para abrir o minimercado, as regras que lhe permitiriam falir com propriedade, de acordo com uma longa tradição de homens que se arruínam pendurando um lápis na orelha.

O pai usaria a história para me dar o recado costumeiro: como ele ajudou meu avô, como pôs dinheiro em casa desde os quinze anos, e apesar disso nunca deixou de ir à escola nem de cumprir suas obrigações. O pai se preparou desde cedo, um homem deve estar pronto para assumir seu papel, deve estar consciente dele enquanto entra no elevador, na segunda-feira anterior ao Gre-Nal do Século, e começa a ouvir os detalhes da história de Juliana.

O pai não mencionou o café no mercado público. Talvez nem lembrasse mais disso, ou não achasse que era importante, não tanto quanto dizer que tinha conhecido uma pessoa havia algum tempo. *Alguns anos*, talvez ele devesse ter dito, mas quem sabe o reparo também não fosse necessário. Quem sabe o pai estivesse falando de princípios, de regras gerais de conduta e caráter, mais amplas do que os pormenores de um relato sucinto: o breve histórico de um casamento que não deu certo, que não estava mais funcionando, que foi bom e saudável e profícuo pelo longo tempo que durou.

Eu imaginava que o pai tinha ensaiado o discurso com afinco, que esperava uma solidariedade imediata, fruto do esforço para aprimorar o diálogo e ser transparente nas intenções. Como eu precisava me pôr no lugar dele, eu com cinquenta anos e implorando por uma segunda chance, era natural que entendesse e até me orgulhasse do que se estava discutindo—alguém que confessa sua inoperância, a passividade que o fez gastar mais de uma década em nome de algo difuso, a vida não é apenas manter três pessoas estáveis, três pessoas que dependem de uma ilusão, a mentira de que você quer estar ali e era isso que faria se pudesse escolher.

A conversa aconteceu exatamente como nesta versão: eu saí do elevador, caminhei na garagem e entrei no carro junto com o pai sabendo o que era esperado de mim. Ele estava me oferecendo a responsabilidade pela casa, o seu lugar na cozinha, o papel a ser desempenhado nas brigas ao longo da noite. Ele atirava na parede tudo o que houvesse de vidro ao redor, é o momento em que a ordem está por um triz, na frente do seu filho você precisa mostrar de que material é feito.

O pai nunca foi além desse ponto. Por todos aqueles anos ele conseguiu frear os impulsos e ir para o quarto sem tocar num único fio de cabelo da mãe. Por todos aqueles anos ele não fez nada para romper o círculo que acabava sempre ali, na indecisão dele, na espera flácida e hesitante por um pretexto, uma sorte e um milagre que o tirassem da inércia, que o fizessem um homem menos covarde e monstruoso por deixar as coisas ganharem tamanha dimensão.

O milagre aconteceu em 1989, e foi sobre isso que ele terminou de falar na garagem, já dentro do carro. Ele disse que nem tudo saiu conforme o planejado, que ninguém devia sentir culpa, às vezes a separação é a melhor maneira para que as pessoas encontrem seu caminho. Eu queria que você soubesse, ele disse, que tenho muito orgulho de você. Eu tenho muito orgulho do seu irmão, e da sua mãe, e isso não acaba só porque estou saindo de casa.

Não é todo dia que você tem essa chance, ver seu pai contorcido de inibição. Eu estava acostumado à vergonha dele depois das brigas, a admissão da própria fraqueza, de um fracasso que ia além do medo de tomar uma simples decisão, mas agora o constrangimento era o oposto. No carro o esforço dele era para disfarçar o alívio, a alegria, quase a euforia em me fazer digerir a notícia que mudaria essa imagem. A notícia que o transformaria em outro homem. Na segunda-feira, 6 de fevereiro, exatos seis dias antes do Gre-Nal do Século, o pai contou que Juliana esperava um filho.

DOIS

16.

Eu disse que seria um monstro se tivesse acompanhado Bruno, e não pensado na gravidez de Juliana, logo depois do gol do Grêmio? Na retrospectiva daqueles minutos, no entanto, guardo mais a memória de nós dois abraçados do que de qualquer outro sentimento que fosse obrigado a ter. Eu deixei Bruno se pendurar em mim sem me perguntar como daria a notícia a ele, não é todo dia que se ganha um irmão, uma pessoa para quem você vira modelo, desde bebê ele vigiará suas escolhas, um único erro poderá magoá-lo, causar nele um dano irreversível.

Dizem que é este o encanto do futebol. Você presta atenção num goleiro caído não importa o que esteja em volta. Se você é adulto, a atenção se perde, mas o futebol não é feito para gente adulta. O futebol é feito para quem tem quinze anos e ainda não sabe o peso das próprias escolhas. Para quem não mede as consequências de se deixar levar por algo tão aleatório: o segundo tempo começou ainda mais intenso, Marcos Vinicius recebeu um cruzamento de Alfinete, e por algum motivo achei que aquilo poderia ajudar Bruno — que haveria saída naquele cruzamento sinuoso, a força da gravidade sobre a testa de um centroavante, o melhor impulso para o couro seco num dia de sol.

Até hoje não consigo entender como apostei tanto naquele lance. Eu já estava na idade de não me abalar mais com isso, de saber que há coisas muito mais importantes do que uma simples chance perdida, mesmo que fosse a maior das que presenciei em partidas do Grêmio, em partidas no Brasil, em partidas oficiais — uma cabeçada frouxa, conivente, criminosa.

Por algum motivo achei que haveria saída se Marcos Vinicius fizesse o mais simples, apenas dobrar o pescoço e transformar o mês de fevereiro em outra história, a classificação para dois jogos de finalíssima, duas semanas em que a cidade e o estado e o país não falariam de outro assunto, em que Bruno teria outro assunto para se agarrar como pudesse — a expectativa de ser campeão brasileiro, de uma recompensa que fosse, você não tem ideia do que isso pode significar para uma criança que acaba de ganhar um irmão.

Só que Marcos Vinicius cabeceou para fora. Ele voltou para a defesa num trote de eunuco, quase sem tirar os pés da grama, enquanto Taffarel se preparava para bater o tiro de meta. Todos os ânimos se inverteram, e é claro que isso não passa despercebido para quem acaba de ganhar um irmão: o alcance do chute de Taffarel, os músculos de sua perna, uma energia capaz de reavivar quase todos os oitenta mil presentes. Uma energia que fez Nilson, um desses presentes, talvez o mais importante deles, sair da letargia que até então o aprisionara.

Nilson tinha uma faixa no joelho errado. Os zagueiros não se deram conta do truque, Trasante batia no joelho direito, o joelho são, pronto para aguentar cinco partidas de maus-tratos. Aos dezesseis minutos Nilson estava dentro da área gremista, esperando por uma cobrança de falta, e quem acaba de ganhar um irmão de alguma maneira já sabe: com os joelhos em ordem, com quase um metro e noventa de altura, ele será capaz de subir mais que qualquer um de seus marcadores.

O cruzamento de Edu também foi sinuoso, na trajetória ideal para um centroavante. Mazaropi parecia ainda mais baixo sob o travessão. Seus braços pareciam ainda menores. No instante da cabeçada de Nilson, eram braços de quem vê a bola passar zunindo sobre a própria cabeça. Ele estava no meio das traves, com os dois pés a um metro da risca, e é isso que basta para quem acaba de ganhar um irmão. É isso que basta para quem tomará a atitude que vai mudar a vida do próprio irmão: uma corrida de ratos, um ninho de marimbondos, um pesadelo em vermelho e branco que anuncia o gol de empate do Inter.

17.

Enquanto Nilson se ajoelhava em frente à bandeira, e o juiz corria para o meio do campo, e ninguém no Grêmio parecia disposto a sair da área e se pôr no lugar e se dar ao respeito, eu sabia que o pai já devia ter dado a notícia da gravidez para a mãe. Talvez ele houvesse dado antes, isso eu nunca descobri. A informação que ele me passou era que os dois falariam quando ele voltasse de viagem. A nossa conversa foi na segunda, e o pai avisou que ficaria fora até domingo. Durante toda a semana imaginei como seria a cena, se a mãe teria a mesma sensação que tive quando descobri. O pai não esperou muito depois de me dar a notícia, ele não considerou a hipótese de que eu precisasse respirar e pensar e agir ao saber que cuidaria de duas pessoas em tempo integral. A garagem estava escura, os vidros do carro fechados, a luz do painel acesa, e ele não esperou mais que dez segundos para dar a partida, o motor em ponto morto e ele na expectativa de que eu abrisse a porta e voltasse para casa, de que eu não o constrangesse enquanto ele me dava um abraço, ele satisfeito porque finalmente havia sido cúmplice do filho.

A semana do Gre-Nal do Século começou de verdade ali.

Passei o resto da segunda em casa, o pai nem mesmo se despediu de Bruno. A última coisa que Bruno ouviu dele foi o diálogo na porta do quarto, um homem segurando a mala e dando instruções sobre as contas a pagar. Os carnês estavam empilhados numa gaveta da sala, e mais tarde eu me vi sozinho, olhando para aqueles papéis.

Era início de mês, e a maioria dos vencimentos estavam marcados para o dia 10, sexta. O pai deixava os cheques presos por um clipe nos boletos. A letra dele era miúda, um pouco tremida. Eu reparei na forma oblíqua como ele grafava as vogais, na forma oblíqua como ele assinava o próprio nome, na forma oblíqua como ele tratou das providências de rotina, e esse foi o detalhe que faltava.

Até os quinze anos eu nunca havia feito nada de errado. Eu tinha essa sensação latente durante as brigas entre o pai e a mãe, a ponto de quase esperar a noite em que ele perderia o controle na cozinha, ou ela cumpriria as ameaças, era um desfecho inevitável para acabar com a angústia que estava matando a todos naquela família, mas apesar disso eu nunca traí a confiança de ninguém. Eu não me desviei do que todos pediam de mim: que eu engolisse a revolta e desse seguimento à farsa em nome de Bruno ou de uma comodidade nauseante, duas ou três semanas depois de o pai recuar no último momento, de ser derrotado mais uma vez, um período em que se tornava fácil ficar no quarto e não ser cobrado por ninguém em relação a coisa alguma.

De mim não era exigido mais que ir à escola, e não ter nenhum amigo de verdade por lá, ninguém que sirva para algo além de emprestar um caderno ou rir de uma piada sem importância, eu em meio a uma classe de quase cinquenta alunos sem me interessar por nada do que eles faziam. Eu em meio a uma escola de quase mil alunos sem nunca ter brigado no

72

recreio, nunca ter bebido demais numa festa, nunca ter me escondido no vão da escada ou no movimento de um corredor, sem nunca ter imitado os colegas que punham bombas sob o tampo das privadas e arrancavam as caixas de luz com uma chave de fenda. Nenhum deles ficou sabendo o que acontecia na minha casa. Ninguém desconfiou do que eu era capaz de pensar dentro de casa. Eu nunca expliquei a ninguém que em casa, numa segunda-feira à noite, explodir um prédio inteiro era nada perto dessas ideias que eu tinha ao segurar os cheques do pai, ao ver que eles estavam preenchidos apenas com os valores e a assinatura.

Até hoje tento reconstituir a sequência que vai do momento em que fiquei sabendo da gravidez de Juliana ao momento em que pus aqueles cheques no bolso. A casa estava em silêncio, a bermuda seria a mesma do dia seguinte, e a semana do Gre-Nal do Século começa quando percebo a dimensão do que estava sendo pedido de mim. A consciência emerge como espanto, depois perplexidade, depois um incômodo que se transforma num impulso sem volta, então pela primeira vez decido fazer as coisas à minha maneira. Eu não precisava dar explicações a ninguém. Naquele dia eu deixei de obedecer ao pai. E, por não obedecer, contraditoriamente, comecei a me tornar igual a ele.

18.

O silêncio na segunda à noite era aquilo que o pai sempre buscou, nenhuma voz cobrando de você nenhum esforço ou envolvimento. Imagino que tenha sido assim que ele decidiu ir embora com Juliana, você não precisa mentir nessa hora, não tem de pensar em nenhuma dessas pessoas que deixará para trás, os mendigos que dependem de você, que vivem à espera de uma migalha de afeto seu.

Foi assim que decidi não contar nada para Bruno até o Gre--Nal do Século. Não havia ninguém ali para argumentar em contrário, nenhum fantasma que me fizesse ponderar se esta era a melhor escolha: acordar na terça-feira, tomar um banho frio, avisar para a mãe que iria ao banco sem atrapalhar a expectativa do meu irmão. Saí de casa logo depois do café, e até domingo estava mantida a ilusão dele. Ao longo da terça, da quarta, da quinta, Bruno continuaria tocado pela mentira do futebol.

Poderia ter sido qualquer outra coisa, mas era o que de mais próximo eu tinha em 1989: saber que Bruno não perguntaria o que eu tinha ido fazer no banco, quanto tempo eu fiquei na fila, o que disse para a moça do caixa. Bruno só falaria em Nilson, no joelho dele, havia um complô de emissoras de rádio para difundir uma informação errada a respeito, e eu jamais teria de explicar o meu gesto — eu tirando os cheques do bolso, separando-os dos boletos, entregando-os para a moça. Jamais expliquei que os cheques tinham o campo do destinatário em branco, que esse foi o detalhe que chamou a minha atenção na noite de segunda. Eu não fiquei nervoso quando percebi a distração do pai. Eu me dei conta de que não tinha nada a perder, ninguém me acusaria de erro algum, ninguém mais tinha autoridade para me vigiar ou dar um suspiro que fosse sobre minha decisão de jogar fora as contas. Em 1989 você fazia isso sem nenhuma dificuldade. Era só rasgá-las em pequenos pedaços, escrever o seu nome nos cheques, esperar pelo dia seguinte e trocá-los no caixa por dinheiro vivo.

Um plano de vingança às vezes começa assim: pôr no bolso o valor do aluguel, do condomínio, das contas de luz e telefone. É o suficiente para ir ao treino de quarta, pagar o almoço de Bruno, um doce na confeitaria. Nós até pegamos um táxi depois. O motorista abriu todos os vidros, e na rua as pessoas aproveitam o fim da tarde. Eu reparei no movimento, gente de bermuda nos bares, a mesa é de lata e as vozes são muitas e você faz questão de ouvi-las porque tem apenas quinze anos.

Até então eu nunca tivera uma namorada. Eu não tinha sequer chegado perto de uma garota da minha idade. Tudo o que fiz desde o episódio do shopping foi viver como se nunca tivesse pensado a respeito, enquanto lá fora o mundo se transformava. Em 1989 você andava pelas ruas com a certeza de que estavam todos diferentes, eu via o rosto das pessoas que passavam por mim, eu podia sentir a vontade delas por trás de um olhar ou sorriso, a pele e os hormônios de quem nunca teve medo ou vergonha. As maneiras delas eram diferentes das minhas, o passado delas era diferente do meu, não havia nada na atitude delas que lembrasse algo que eu havia feito ou dito.

76

Nenhuma delas era tão desprendida como eu. Nenhuma era tão caridosa como eu tinha sido até então. Nenhuma foi capaz de passar tantos anos cumprindo o mesmo papel, eu guardando a ordem até que ninguém mais acreditasse nela, até que o bebê de Juliana viesse para acabar com ela. Meu plano era um tanto simplório. Sentei com Bruno no bar e pedi uma cerveja. Aos quinze anos eu havia bebido muito poucas vezes. Eu tinha tolerância para não mais que um ou dois copos, e é possível que o torpor imediato tenha ajudado a me convencer do que faria até o domingo. Na quinta-feira, eu já estava convencido de que o Gre-Nal do Século amenizaria a decepção de Bruno comigo. Que cada lance do jogo, e é por isso que os descrevo aqui, como se fosse um narrador barato nas cabines de imprensa, um desses homens que comparam o futebol a uma luta, a uma guerra, a uma vida inteira, seria capaz de amenizar a mágoa dele comigo — a crise que ele enfrentaria no final do jogo, quando já estivéssemos voltando para casa e eu iniciasse a mais difícil das conversas.

Passei a sexta antevendo a cena: Bruno e eu caminhando de volta, um longo trajeto para eu dizer algo sobre Nilson e Marcos Vinicius, é claro que eu precisaria tentar uma abordagem do gênero. Já que o futebol era a coisa mais importante para ele, que uma vitória no mais importante dos jogos teria um efeito inegável sobre ele, eu imaginava um Bruno eufórico ouvindo uma abordagem do gênero. Bruno anestesiado pelo presente que eu daria a ele, o melhor domingo de sua vida, enquanto de todas as formas possíveis eu tentaria não falar de mim. Eu tentaria esconder como pudesse, com as palavras ensaiadas pelo resto do fim de semana, com a habilidade para mentir acumulada ao longo de todos aqueles anos, minha decisão de também deixá-lo sozinho.

19.

Eu nunca mais ouvi falar de Marcos Vinicius. Naquele mesmo semestre de 1989 o Grêmio contratou Kita para o seu lugar, depois Nando Lambada, depois formou o ataque com Assis e Paulo Egídio, e ninguém nunca soube o destino de nenhum deles. A equipe toda foi mandada embora, Minelli se aposentou e foi pescar em algum rio do interior de São Paulo, Trasante voltou a jogar em domingos de lama no Centenário, visto por homens de terno puído e hálito de carne crua, e ninguém mais teve vontade de pronunciar o nome de nenhum deles. Eu nunca mais fui a um jogo no Olímpico, nunca mais dei importância ao ouvir alguém na janela gritando por causa de um jogo na TV, uma transmissão cansada com o narrador cansado, o mesmo distintivo no terno, a mesma vinheta no intervalo, o mesmo jingle e o mesmo bordão e a mesma arrogância e trapaça e agonia. Ninguém nunca mais ouviu falar de Nilson, de seus pênaltis não convertidos e seus doze times em menos de cinco anos, porque no fundo o que estava em jogo em 1989 não era o resultado do Gre-Nal do Século, mas a capacidade de Bruno de ainda se abalar com aquilo.

Normalmente o futebol sai da vida de alguém aos poucos, à medida que os compromissos da vida adulta se tornam maiores e mais complexos, num processo lento e quase imperceptível semelhante ao que nos torna estranhos ao que foi vivo e cintilante no passado — todos os grandes projetos abortados, as amizades eternas que se perderam, os afetos indestrutíveis que hoje não significam mais nada. No meu caso foi diferente: eu lembro do Gre-Nal do Século como o dia exato desse afastamento, o evento que subitamente me trouxe essa consciência, uma espécie de revelação da qual em seguida já não se pode voltar atrás. Naquele domingo foi a última vez que fez diferença, em que um centroavante entrando na área aos vinte e seis minutos do segundo tempo, diante da expectativa do meu irmão, do futuro imediato dele, teve alguma influência sobre mim.

20.

Eu tinha a expectativa de caminhar com Bruno, acompanhá-lo até o nosso prédio, deixá-lo na porta e seguir em frente. Era para isso que eu tinha o dinheiro no bolso. Foi por isso que fiz tudo de forma tão premeditada. Na esquina de casa havia um restaurante onde comíamos de vez em quando, no sábado pedi ao dono que guardasse uma mochila para mim. Não precisei dar motivos para ele. Dentro pus roupas, uma toalha e uma escova de dentes.

É fácil atribuir um plano tão grosseiro à idade que eu tinha. Só alguém de quinze anos é capaz de levar a sério a perspectiva de dormir num hotel perto da rodoviária, eu me hospedaria atrás de uma dessas portas estreitas que aceitam dinheiro vivo e uma carteira de identidade. Eu acordaria cedo na segunda-feira, compraria uma passagem de ônibus para a praia, até Tramandaí ou Albatroz dá cerca de uma hora e meia de viagem, com sorte se chega lá antes do almoço.

O dinheiro talvez não fosse suficiente, mas eu poderia até arrumar um bico de garçom, lavar o chão de uma peixaria, trabalhar no caixa de um fliperama. Eu me via contando o dinheiro para o dono do fliperama, abrindo as máquinas para recolher as fichas, vigiando os falsários que sempre tentam jogar de graça. Eu apanharia um desses falsários pela camisa, chamaria o rapaz da segurança para conduzi-lo a uma salinha, ajudaria no interrogatório e na junção das provas, e, a cada cascudo que déssemos nele, a cada tapa em seu ouvido, a cada soco no estômago e chute no joelho e braço torcido quem sabe até quebrar em dois, a cada minuto ali eu seria livre — o pai e a mãe que tratassem de acertar suas contas longe, porque aquilo nada mais tinha a ver comigo.

Meu plano era inventar qualquer coisa para Bruno, você vai na frente que preciso fazer algo antes. Ele entraria no apartamento jurando que eu tinha ido comprar um refrigerante, ou dar um pulo na casa de um conhecido, ou tomar alguma providência inadiável no fim da noite de domingo, quando as lojas estão todas fechadas, quando não há alma viva em certas ruas do nosso bairro. É uma história muito difícil de engolir? Você, aos onze anos, desconfiaria de seu irmão mais velho se ele prometesse se ausentar por vinte minutos?

Desde muito cedo aprendi a fazer com que Bruno acreditasse em mim. Ninguém precisa ser gênio para conseguir isso de uma criança. Basta ser o único amigo que ele tem, aquele que o protege e ensina, acolhe e garante, orienta e dá confiança, e seu irmão será capaz de rastejar ou se jogar da janela por você. Ele engolirá qualquer coisa que você diga, mesmo que suas explicações sejam as mais bizarras, que tenham relação com uma fuga e um abandono no fim das contas inevitável. Se eu nunca precisei contar que o pai tinha motivos para ir embora, que no fundo eu entendia a atitude dele, e não era possível que eu não tivesse entendido ao longo de tanto tempo, então naquele domingo não seria diferente. Eu não tinha necessidade de prestar contas a Bruno, dizer que não fui eu que fiz a mãe tomar um vidro de remédios, não fui eu que fiz o pai deixar de gostar dela, passar a ver nela e nos filhos o obstáculo para a nova vida.

Eu não tinha necessidade de arrumar um subterfúgio, dizer que agi de forma reativa, que no fundo eu também era uma vítima da situação. Eu não precisava me pôr nesse papel fácil, esperando que Bruno se solidarizasse comigo, que também entendesse minha falta de opções, porque no fundo nem eu acreditava mais nisso. Eu não estava fugindo porque havia sido forçado pelas circunstâncias. Eu não estava fazendo nada além de pensar em mim mesmo.

Eu estava deixando Bruno e os outros para trás porque precisava começar algo que nem mesmo sabia o que era. Foram quatro anos em que adiei o momento em que teria de me confrontar com isso, o que você é além do remorso e do mal-estar, do medo e da obrigação. Aos quinze anos você tem braços e pernas, o futuro se abre em infinitas possibilidades para quem sabe o que quer, mesmo que seja algo simples como abandonar o irmão. Mesmo que seja algo fácil, e você faz isso num piscar de olhos, como esquecer que o irmão nunca vai perdoá-lo. Que ele nunca deixará de ver você como agora você vê o seu pai.

Tramandaí é um formigueiro no verão, um milhão de pessoas caçando tatuíras e cheirando a peixe nas manhãs mais quentes do hemisfério sul. O vento é arenoso e melado, os guardas usam fardamento cáqui, há sempre uma mulher furiosa comprando churros para uma criança gorda, e apesar de sua firmeza ao descer do ônibus, de seu alívio de não precisar olhar para trás, você sabe que é assim que o seu irmão o verá. Eram essas as certezas que Bruno teria. Eu estava indo embora porque não queria mais tomar conta dele. Eu estava chegando a Tramandaí porque não me importava mais com ele. Eu estava pronto para ser feliz pela primeira vez porque, de certa forma, pelo menos naquele momento, eu não estava mais dando a mínima para ele.

21.

Aos vinte e seis minutos do segundo tempo o ponteiro direito do Inter, Maurício, recebeu uma bola entre dois jogadores do Grêmio, um deles o lateral Aírton. Ele estava de costas para o gol, a cerca de dez passos do bico da área, e num giro rápido conseguiu se livrar de ambos. Foi um giro de cento e oitenta graus, seguido de uma arrancada, meses de preparação física concentrados naquele empuxo. Maurício só olhou para o lado dois ou três segundos depois, certo de que tinha a situação sob controle com Aírton ainda desnorteado. São esses dois ou três segundos que fazem a diferença num lance assim. Foi a última vez que me abalei por causa de um lance assim.

Durante os oitenta e seis minutos que separaram o apito inicial do juiz e o momento em que Maurício viu o panorama à sua esquerda, em que percebeu a camisa de Nilson se projetando atrás da silhueta de Trasante, o resultado da partida era o maior aliado que eu tinha para a decisão de fugir. Eu andaria no centro de Tramandaí achando que a vitória era um consolo para Bruno. Eu chamaria uma garota para tomar sorvete achando que o futebol tinha esse poder sobre Bruno. Eu seguraria a mão da garota, e a conduziria com todo o cuidado, com sorte a noite estaria clara, e a multidão estaria longe, e no silêncio de uma rua lateral eu poderia aproximar meu rosto e abraçá-la pela cintura, tudo isso porque achava que o futebol era tudo o que alguém como Bruno podia ter.

Até o momento em que Maurício pensou em lançar Nilson, e não sei se foi um lançamento, na verdade foi um chute cruzado e rasteiro e um pouco torto que por acaso pôs a bola a três passos de Nilson, eu assisti ao Gre-Nal do Século preparado para fazer a troca. Em alguns dias seria apenas eu em Tramandaí, a minha vontade e a de mais ninguém, uma página virada na noite fresca em que eu encostaria a garota num muro, pela primeira vez em quinze anos eu sabia o que era ser livre, a brisa o acompanha no momento em que você se encosta na garota, você não precisa pensar em nada além do quanto é bom respirar junto a ela, do quanto é novo, e quente, e vivo, enquanto para Bruno restaria o consolo, o triunfo de mais um domingo, não entendo como pude achar que essa era uma barganha possível.

Até perceber que Nilson tinha as pernas mais longas que Trasante, que o passo dele correspondia a dois de Trasante, eu tinha certeza de que seria fácil dormir no hotel e pegar o ônibus rumo a Tramandaí. O confronto da noite de domingo estava num plano neutro, próximo ao da teoria, um exercício de imaginar como Bruno ficaria ao saber sobre o pai e a mãe. Eu não veria isso acontecer, eu não queria estar perto quando acontecesse, eu deixaria meu irmão em casa e já teria sumido quando ele desabasse com a transparência de um menino de onze anos.

Você já presenciou um desabamento assim? Bruno assistiu à corrida de Nilson, ao toque curto com o gol escancarado, Mazaropi vencido pelo ângulo aberto da jogada, e se retraiu como se antecipasse o significado daquele gol. Bruno assistiu a isso ao meu lado, a perna encostada na minha, eu podia sentir o corpo dele murchando em silêncio enquanto o resto do estádio tremia numa convulsão como nunca mais houve no Rio Grande do Sul, enquanto eu me preparava para cometer o gesto que marcaria para sempre a vida do meu irmão. Eu podia sentir o corpo frágil dele, menos de cinquenta quilos à espera do meu gesto, eu estava a um passo disso, a uma palavra disso.

Eu vi Bruno implodir quando me dei conta de que faltavam apenas vinte minutos, o resto da partida seria disputado por atletas fantasmas, visto por uma plateia de fantasmas, oitenta mil mortos testemunhando o fim de uma semana e de um tempo que não voltariam. Eu nunca mais entraria num estádio ao lado do meu irmão. Eu nunca mais poderia pedir nada ao meu irmão. Eu nunca mais teria a lealdade dele, a confiança dele, tudo o que eu jogaria fora ao ignorar o pedido dele, a mensagem enviada por ele enquanto se enrijecia ao meu lado, enquanto se contorcia e se imolava para não ter de derramar uma lágrima, para se manter firme enquanto Nilson se punha de joelhos pela segunda e última vez.

22.

Nós já estávamos no meio de fevereiro. Eu sabia que numa semana o dinheiro viraria pó, e eu perderia a disposição para arrumar emprego em Tramandaí, para mover uma palha num lugar que em vinte dias ficaria deserto, mas não foi nisso que pensei no momento do segundo gol do Inter. Eu sabia que teria de voltar logo a Porto Alegre, explicar o que havia feito, e talvez pedir desculpas ao pai, ou à mãe, e pelo resto do ano dormir na cama ao lado de Bruno, ele sabendo que era tudo uma questão de meios, que eu viraria as costas de novo se surgisse uma oportunidade, mas não foi nisso que eu pensei enquanto Nilson segurava de novo a bandeira de escanteio. Talvez seja difícil acreditar, mas numa hora dessas você não pensa em nenhuma conveniência prática. Aos quinze anos você não é nem capaz de agir assim. Você age muito mais por instinto, como se precisasse dar uma resposta imediata a um teste, você olha para a pessoa à sua frente, a que está pedindo por sua ajuda, a que exige que você se defina, e precisa mostrar na hora o que sente a respeito dela.

23.

Meu irmão foi apresentado a Juliana cerca de um ano depois do Gre-Nal do Século. O pai veio com ela a Porto Alegre, fomos com os dois a uma churrascaria, e durante o almoço ouvimos um relatório sobre Goiânia, sobre a fruta cheia de espinhos com que se cozinha um prato local, sobre a casa e os móveis e o berço de madeira onde o bebê dormia sem incomodar.

Aquele foi um almoço como só é possível em churrascarias, um burburinho de travessas e bandejas e crianças brincando por todo lado, a vida pulsando em sua coreografia de praticidade enquanto Bruno ouvia o pai dando o resto dos detalhes, as fraldas compradas por quilo e um alarme falso de sarampo e o cabelo que cresceu em tufos logo depois do nascimento. Bruno não parecia se impressionar com o fato de haver uma cadeirinha de bebê ao seu lado, nosso novo irmão usava uma roupa felpuda, Juliana deu papa a ele e o chamava o tempo todo pelo nome: Marcos.

Acho que não contei ainda, mas esse é o mesmo nome do meu pai. Eu não esperava que Bruno se impressionasse com a escolha, da qual ficamos sabendo no dia do nascimento, num telefonema em que o pai se empenhou como pôde para demonstrar alguma naturalidade, mas ver Marcos de perto era diferente. Bruno não parecia constrangido ao passar a mão na cabeça dele, é o que se faz nessas horas, você coça a barriga e arregala os olhos e deixa o bebê apertar seu dedo com a força que tem.

Um ano é um longo período. Quando conheceu Marcos, Bruno não era nem sombra do que tinha sido ao assistir à comemoração do segundo gol de Nilson. Nós nunca mais falamos sobre essa cena. É claro que ele não havia esquecido, mas possivelmente a relacionava a uma imagem mais fulgurante — Nilson ainda agarrado à bandeira, o time inteiro do Inter sobre ele, se você conferir o tape verá até alguns repórteres vibrando junto ao aglomerado. Para Bruno era uma cena que perdera o significado imediato, uma página a mais no folclore do futebol, um lampejo de vivacidade cuja força você dilui num relato de cinco linhas, e era por isso que ele conseguia se manter tão firme na churrascaria. Não fosse o registro comum que ele tinha daquela cena, Bruno estaria muito mais vulnerável. Ele não conseguiria nem abrir a porta do carro quando o pai foi nos buscar em casa. Não conseguiria nem pedir um suco ao garçom. Não conseguiria nem usar o garfo e a faca.

Porque a cena de Nilson voltando para o campo de defesa, para Bruno, havia ficado apenas como ilustração de um primeiro fracasso. Era apenas a primeira vez que ele se desmanchou dentro de um estádio, sem desconfiar de minhas verdadeiras intenções, e foi graças a esse engano que ele pôde se reerguer. Foi graças a essa ingenuidade, que transformou o jogo numa simples derrota em fevereiro, uma simples manchete no caderno de esportes, que ele pôde ouvir o anúncio do pai um ano depois. Assim que entramos no carro, o pai tratou de fazê-lo. Ele se virou como pôde para dizer uma frase simples, este é o irmão de vocês, e dar seguimento à história que

92

mudou nos últimos minutos do Gre-Nal do Século — quando, ao ver o estado de Bruno depois do gol, e era esse o teste que mostrou até onde eu era capaz de ir, decidi refazer os planos para o resto do domingo.

24.

Este é o irmão de vocês, o pai disse antes mesmo que entrássemos no carro. Era preciso dizê-lo porque Marcos estava no banco de trás, você tem de ter cuidado ao sentar, disfarçar seu espanto ao ver o cinto ao redor da cadeirinha. Ao fazer a apresentação, o pai nos poupou desse intervalo de silêncio, em que teríamos de fingir nos acomodar um em cada janela como se nada estivesse acontecendo, e deu a senha para que também cumpríssemos nossa parte. Eu cheguei a ouvir Bruno perguntando como Marcos tinha feito a viagem. Cheguei a ouvi-lo curioso sobre o que Marcos comia, quanto pesava, qual era a melhor maneira de segurá-lo no colo — ele tinha o rosto enrugado, e um cheiro de leite, e a pele era quente e rosada e macia.

Eu hoje tenho certeza de que, não fosse o fato de eu haver mudado os planos no fim do Gre-Nal do Século, Bruno jamais teria feito aquelas perguntas sobre Marcos. Ele jamais teria dado chance alguma ao pai. Ele também teria virado uma sombra presa ao desvio de uma lembrança. Eu vi Bruno mutilado depois do gol de Nilson, e era como se aquilo fosse uma prévia — na minha frente, eu tinha o retrato de como meu irmão ficaria se eu não fizesse alguma coisa para ajudar.

Você ainda não entendeu por que o futebol é importante nesta história? Só um jogo como o Gre-Nal do Século seria capaz de deixar Bruno assim. Só um jogo desses me poria diante da reação dele à perda. Era como se o resultado da minha fuga estivesse ali, antecipado na aparência de Bruno diante da tragédia, ele como um fio de pavor e impotência dependente de um gesto meu. Por um segundo você percebe o que significa essa tragédia, a verdadeira dimensão dela, a iminência física de não tolerar conviver com ela, e é então que você dá um passo para trás. É então que você descobre que existe um limite dentro de você. Chame esse sentimento como quiser, mas é algo que está lá e para mim apareceu aos quinze anos. Eu puxei Bruno pelo braço imediatamente. Eu o forcei a dar as costas ao espetáculo triste do Grêmio nos últimos minutos. Foi o maior vexame que uma equipe profissional já proporcionou, os jogadores entregues, felizes por ser esmagados, a um passo de cercar Nilson e quem sabe pedir um autógrafo, e era como se meu instinto de proteger Bruno, eu me recusando a liquidar de vez com ele, a transformar o domingo no dia da morte dele, era como se isso desse forças para que eu enfrentasse todo o resto.

Eu hoje sei que foi ali que aconteceu: a súbita percepção do que eu estava fazendo naquele estádio, o que eu tinha feito comigo mesmo ao longo de anos e anos de jogos assim, enquanto em nenhum instante eu havia enxergado o óbvio, o que só por causa de uma reação inocente, da emoção instintiva que Bruno demonstrou depois do segundo gol de Nilson, algo que me contaminou da forma mais direta, imediata, fulminante, só por causa desse milagre eu fui tirado da letargia.

Era como se eu estivesse dando adeus a tudo o que não tivesse a grandeza desse milagre. Como se o entorno do milagre ficasse obscurecido de repente, e não apenas o compromisso inútil do futebol. Não apenas o envolvimento inútil, a dor inútil depois de um jogo como o Gre-Nal do Século, o que só aumentava a consciência de tanto desperdício, mas tudo o mais que não dissesse respeito a Bruno. Tudo o que não fosse tão essencial quanto o que eu sentia pelo meu irmão. O que naquele momento, enquanto iniciávamos a caminhada de volta para casa, eu me dei conta de que ainda era capaz de fazer pelo meu irmão.

25.

Os foguetes anunciavam o fim do jogo às nossas costas. A Padre Cacique começava a encher, vi as fitinhas em vermelho e branco e as bandeiras de plástico vagabundo, e num primeiro momento a prioridade era escapar do caos. Você anda rápido até o elevado, à esquerda já se tem o Parque Marinha, e aos poucos as buzinas começam a virar um som contínuo na distância, do outro lado do mundo, onde a Brigada Militar a cavalo apita no inferno dos semáforos. Eu pedi para Bruno desligar o rádio, e agora era possível até ouvir os passos dele, os tênis como que deslizando na laje, o resto era a penumbra e os gritos esparsos na procissão.

Sempre tento lembrar quais foram as primeiras palavras, se eu disse algo sobre o jogo, se Bruno estranhou quando falei que não conseguia mais ouvir os prognósticos sobre a final entre Inter e Bahia. Uma esquina depois da outra, até chegarmos à Ipiranga, até cruzarmos a Getúlio Vargas e a Erico Verissimo, eu tento lembrar em que momento Bruno entendeu que a minha repulsa não era à toa. Eu não perguntei se ele tinha alguma esperança no Bahia, se faria diferença na vida de alguém a existência de um clube tão inconfiável, mas lembro de ter repetido

99

duas ou três vezes: acho melhor a gente comer alguma coisa. Acho melhor a gente fazer alguma coisa. Já está ficando tarde, e tem uma coisa que a gente não pode deixar de fazer.

A Cidade Baixa nessa hora era mais ou menos o que continua sendo: copas vergadas de ipês, corredores com iluminação de mercúrio, casas geminadas em que reina o cansaço e o vazio. Numa daquelas casas é que tínhamos passado a nossa infância. Não era longe de onde morávamos agora, acho que Bruno nem lembrava mais disso, ou ainda não tinha a noção exata das distâncias num bairro assimétrico e decadente. Ele não tinha noção de como essas imagens ainda estavam presentes, Bruno e eu na casa antes que a mãe e o pai e tudo se desmanchassem, enquanto na rua ele caminhava próximo, o ritmo sincronizado com o meu. Você sabe o que o pai foi fazer nessa viagem?, eu acho que perguntei a ele. Você sabe o que o pai tem feito nestes dias? Você sabe o que o pai tem feito ao longo de todos estes anos?

Eu disse a Bruno que o pai nunca deixou de pensar na gente. Foram as palavras que ele usou na conversa da garagem, eu queria que você soubesse o quanto me importo com vocês. O quanto vocês sempre vão significar para mim, o pai falou, e foi mais ou menos o que repeti para Bruno: morar longe não significa se afastar das pessoas. Morar longe não é como abandoná-las, como ser indiferente à sorte de cada uma delas.

Eu repeti para Bruno que a distância não é um empecilho se você gosta de alguém. Basta lembrar dos casos de que se ouve falar, o sujeito que levou a vida inteira para conhecer os parentes biológicos, os irmãos separados pela guerra, gente que ficou meio século sem se ver e no instante seguinte ao reencontro já tem a intimidade de antes. O seu irmão desapareceu nas trincheiras, ou num campo de concentração, ou na selva burocrática de outro país, e no instante seguinte você está oferecendo um café a ele, e ele aceita porque sabe que é o que você espera, e nos olhos dele há mais que essa gentileza, há a memória de dias e dias em que vocês brincaram no tapete de casa, os dois descalços, eu lembro de Bruno engatinhando ao meu lado, eu chego a ter um ou outro flash do dia em que ele nasceu.

Eu lembro de Bruno com a idade que Marcos tinha na churrascaria: no oitavo mês você já se alimenta de sólidos, no primeiro ano começa a balbuciar as sílabas, logo depois Bruno diria o meu nome pela primeira vez. Lembro de quando ele começou a dormir com a luz apagada, quando tomou um choque na geladeira, quando vimos outro menino caindo da bicicleta. Bruno passou a tarde perguntando se o menino havia se machucado, e acho que é essa memória que permanece tantos anos depois, os laços sendo estreitados no dia a dia, quase imperceptivelmente, em fatos sem importância, você explica que está tudo bem com o menino, foi apenas um arranhão no cotovelo, é só lavar e passar mercurocromo, e você se diverte ao perceber o susto do seu irmão. É um divertimento carinhoso, a favor dele, da idade dele, da inocência com a qual você de repente se comove, cada palavra que você diz é a unidade que formará essa rede de confiança.

No estádio, logo depois do segundo gol de Nilson, é possível que eu não tenha me abalado apenas por causa do rosto de Bruno, mas também pela consciência desse envolvimento. Eu também desabei depois do gol porque percebi que isso era o que eu tinha, e como era solitário ter apenas isso aos quinze anos, um irmão que se importa com você, que olha para você resumindo a gratidão de uma vida inteira ao seu lado. Um irmão que parece intuir o que significa aquele jogo, que em sua expressão como que agradece antecipadamente o que você fará depois do jogo, uma escolha que ainda reverbera, quase vinte anos depois de eu ter seguido com Bruno ao longo da Lima e Silva.

Nenhuma rua de Porto Alegre é tão melancólica como essa. Caminhar por ali é respirar a passagem do tempo, o desgaste e a inércia dos velhos e das crianças, um esgotamento que estava diante de mim à medida que eu tentava dizer para Bruno, tudo vai ser diferente amanhã. A partir de amanhã a gente começa uma nova fase. Você não sentirá mágoa do pai. Você não saberá de nada sobre a mãe. Você continuará gostando deles porque eu me encarregarei de esconder a verdade. Você fará aniversário sem saber. Você fará quinze, dezoito, vinte e cinco anos sem desconfiar. Duas décadas, e você nem sonha como foram os primeiros meses depois do Gre-Nal do Século.

No início, eu acordava você todo dia. Eu esquentava a água para o café, e você comia uma tigela de sucrilhos. Eu dizia para pôr apenas a quantidade de leite necessária. Era como falar com uma parede, você comia apenas o cereal e deixava a tigela cheia, eu jogava na pia, ligava a torneira, explicava mais uma vez que não estávamos em condições de desperdiçar comida. Eu perguntava sobre os cadernos, o estojo, a lição que você quase nunca fazia, e no início era como um gesto mecânico, um mantra de conformismo até que as coisas voltassem para o lugar. No fim da manhã eu o esperava no portão da escola, voltávamos para casa sem precisar fazer perguntas, você continuava passando as tardes com aqueles programas de rádio que para mim eram insuportáveis. A nossa casa à tarde se tornou um lugar insuportável, você ouvindo notícias sobre o coletivo do Olímpico enquanto a mãe agonizava sozinha, não era novidade que ela ficaria assim, bastou o pai ir embora para que ela se entregasse à autocomiseração que nos primeiros meses foi a única resposta possível.

Os primeiros meses foram um período de trabalho duro. Eu ia até o quarto da mãe perguntar se ela queria algo, duas vezes por semana eu fazia compras no supermercado, foi um período em que cada ato era praticado com este compromisso: eu aceitava servir a mãe porque assim ajudava você. Eu aceitava ouvi-la agradecendo porque era importante que fizesse isso por você — que eu o mantivesse naquela estufa pelo menos até que as coisas se ajeitassem, era preciso entrar na rotina, alguém tinha de lembrá-lo de que existia escola e higiene e tarefas que não podiam ser negligenciadas.

Foi por você que convenci a mãe a contratar novamente uma empregada. Por você fiz a mãe voltar para a terapia. Uma nova geração de remédios apareceu no fim dos anos 80, e por você eu evitei pensar em como o pai pagava a mesada dela. Eu me esforcei para não imaginar como ele administrava o minimercado de Goiânia, a inauguração foi pouco depois da mudança, talvez até no mês seguinte, ou no dia seguinte, com uma poupança reservada em anos de dissimulação.

Eu sabia que o minimercado ficava perto da agência de Juliana. Em 1989 a inflação voltou a favorecer o comércio, novamente valia a pena vender para índios e senhoras de pé rachado, mas eu fiz todo o esforço para não passar os dias lembrando disso. Eu estava concentrado apenas em fiscalizar se a mãe cumpria o programa recomendado pelo médico. Embora não existam milagres, isso às vezes dá resultado. De um mês para o outro, às vezes você quase diz que a pessoa está muito melhor.

Você quase diz que a pessoa mudou, também. A mãe começou a acordar cedo, ela lia os classificados e fez testes para secretária e auxiliar administrativa. No segundo semestre apareceu um trabalho no escritório de uma transportadora, nos acostumamos a vê-la saindo de manhã e voltando apenas no final da tarde, logo ela entrou no circuito da caridade, um clube que fazia bazares para ajudar bebês com todo tipo de doença. Logo um senhor veio falar com ela no bazar, um desses viúvos que vestem camisa social e entregam um cartão e dizem que gostariam de ter alguém para falar da velhice, e por incrível que pareça eu nunca mais a ouvi reclamando do pai. Era como se os anos anteriores não houvessem existido, e a separação tivesse dado a força que faltou desde sempre, que desde sempre havia estado dentro dela. Bastava ter paciência para que isso viesse para fora, apenas mais uma quinzena, um ano inteiro até considerar que a mãe também estava de alguma forma curada.

Às vezes me pergunto qual é a lembrança que Bruno guarda daquele almoço na churrascaria, cada um de nós já tendo tomado rumos opostos. Meu irmão já era um garoto normal de sua idade, alguém criado com suficiente apoio, com uma reserva de carinho e autoestima apesar dos percalços, enquanto para mim a opção havia sido outra. Para mim ficou a consciência aguda da situação, daquilo que tive de enfrentar em virtude de uma escolha muito clara. Era previsível que Bruno não reparasse nisso. Um garoto da idade dele nunca perceberia isso. Um garoto da idade dele não iria nem querer se envolver com isso, um irmão mais velho que soube o que o esperava desde a caminhada no final do Gre-Nal do Século: mais um pouco de tempo gasto, mais um pouco da vida jogado fora, tudo porque naquele domingo, enquanto cruzávamos a Olavo Bilac, eu decidi que faria isso pela única pessoa que valia a pena.

Eu decidi o que faria por Bruno já sabendo do preço a pagar. Para manter o meu irmão protegido, para que ele passasse com a segurança possível pela partida do pai e pela recuperação da mãe e pelo renascimento de tudo e de todos os que estavam à nossa volta, era preciso fazer um voto para não tornar as coisas ainda piores. Era preciso que em 1989 houvesse apenas este acidente para Bruno, um divórcio aos onze anos, um fato incorporado com tristeza mas logo adiante superado e até esquecido. É diferente de saber os detalhes do processo. É dife-

104

rente de saber o que fez e deixou de fazer cada um dos envolvidos. É diferente de confrontar e fazer o julgamento e assinar a sentença de cada um dos envolvidos.

Talvez porque eu nunca tenha comentado com ninguém sobre esse julgamento, eu nunca tenha explicado minhas conclusões ao pai ou à mãe, talvez por isso eu tenha almoçado na churrascaria também como outra pessoa. Foi por causa da opção por Bruno, que me obrigou a não mexer mais no passado, a não tentar consertá-lo, e por consequência eliminar qualquer chance de entendimento, qualquer possibilidade de perdão ou reencontro, que na churrascaria eu olhei para o pai, e lembrei da mãe, e até sorri e fiz caretas para Marcos consciente de que eu não tinha mais nada a ver com eles. Que era inevitável que eu me afastasse deles. E que, cumprindo o destino traçado no final do Gre-Nal do Século, eu acabasse perdendo quase todos os vínculos com eles.

26.

Essas coisas não acontecem de um dia para outro, não é como se vê nos romances baratos, uma personagem que muda de casa e proíbe que a companhia de gás divulgue o endereço, eu como um aleijado moral que virou as costas quando os pais estão velhos e doentes. Mesmo assim, não tenho dúvidas de que esse desfecho já estava previsto no momento em que viramos à esquerda na Venâncio Aires. Era como se tudo já estivesse desenhado ali: em poucos anos eu decidiria estudar jornalismo, eu faria faculdade em São Paulo, a graduação com festas e tarefas e um trabalho de fim de semana como garçom, uma agenda que serviu de desculpa para telefonar cada vez menos, para conversas cada vez mais raras, até que não façam mais sentido aquelas perguntas automáticas sobre o clima e a saúde e um conhecido de Porto Alegre que você nem sabe mais se está vivo.

De certa forma, é só deixar que o tempo e a ausência cumpram seu papel, que o pai continue me convidando para visitá-lo, uma semana comendo e dormindo e tentando puxar assunto com Marcos, como se o fato de eu tê-lo visto não mais que cinco vezes na vida fosse apenas um detalhe. Uma semana diante de um estranho, um garoto de dezesseis anos que já deve saber que eu respondo por cortesia, eu digo ao pai que no próximo ano sobrará tempo, eu ligo desejando boas-festas e prometendo que um dia passaremos as férias juntos, não custa nada ser educado a cerca de mil quilômetros de distância. Não estou dizendo que os abandonei de vez, que minha voz nesses telefonemas não seja modulada para que o interesse pareça sincero, mas o fato é que a médio prazo tudo acaba dando na mesma. Eu não conseguiria mais descrever o aspecto físico do meu pai. Eu não saberia dizer se a mãe continua feliz ao lado do senhor do bazar. Eu nunca fiquei sabendo se Marcos pergunta espontaneamente de mim, se perdeu cinco minutos de um dia pensando no fato de não sabermos nada um do outro, de nunca termos dito nada de importante um ao outro, de não termos nada em comum além do sobrenome e da indiferença.

Saí de Porto Alegre três anos depois do Gre-Nal do Século. No verão seguinte passei algumas semanas lá, a cidade continuava inóspita, e ainda voltei esporadicamente antes de terminar a faculdade. A partir daí minha vida se tornou o que é agora: escrevo roteiros para programas educativos de televisão, uso pseudônimo desde o início da carreira. São remotas as chances de alguém me identificar nos créditos das manhãs de um canal a cabo sem audiência. São mais remotas ainda as chances de algum dia dar uma entrevista, de o repórter ter lido a meu respeito, de ocorrer a ele fazer uma pergunta sobre família ou adolescência ou o porquê de ter mantido tão poucos laços com aquela época.

É impossível que o repórter imagine a pergunta que às vezes me faço, o que aconteceria se me dessem uma notícia ruim, se eu fosse acordado por um telefonema falando de um acidente e de um hospital quase vazio na madrugada de Porto

Alegre ou de Goiânia. Qual seria minha reação imediata? Eu pularia da cama e passaria o resto da noite desperto? Eu pegaria um avião no primeiro horário, e por duas ou três semanas não conseguiria pensar mais em nada?

Como seria essa viagem? O que eu seria capaz de oferecer além de um rosto compungido na cadeira do avião, uma resposta lacônica à aeromoça, como se alguém estivesse vigiando meu comportamento e conferindo meu apetite e cronometrando meu tempo de sono?

Eu chegaria a Porto Alegre ou a Goiânia, não tenho dúvidas, e ajudaria nas tarefas burocráticas. Eu seria desprendido, não tenho dúvidas, para tratar das contingências financeiras. Eu vestiria a roupa adequada, teria a postura adequada, passaria por cima de qualquer estranheza em função de uma ausência tão longa. Eu seria tudo o que se espera de um adulto que enxerga a gravidade da ocasião. Eu mostraria na prática o quanto sou civilizado também, e o quanto há de sabedoria em relevar as mágoas e desentendidos, e o quanto se torna inevitável reencontrar as pessoas próximas, nem que seja vinte anos depois, ou até mesmo no fim da vida, na hora em que você se despede dos outros para que possa se despedir de si próprio. Eu mostraria que é preciso enterrar de vez este passado, eu estaria vestido para isso, e faria as homenagens devidas para isso, e diria as palavras solenes para terminar logo com isso, mas no fundo, por baixo da aparência, do que se aprende a fingir desde cedo, o envolvimento não seria pleno. A minha capacidade de entrega como que se esgotou na saída do Gre--Nal do Século. A opção incondicional por uma pessoa, aquilo que você passa a vida toda esperando sentir de novo, eu fiz pela última vez ao caminhar ao lado de Bruno.

Nós chegamos à esquina da José do Patrocínio. Logo adiante ficava o restaurante onde eu havia deixado a mochila. Em

1989 você lavava as mãos e o rosto antes de sentar à mesa, dava uma olhada no cardápio, um refrigerante para mim, um suco para Bruno, e terminava de explicar o que estava sendo decidido naquela noite. Eu disse que o pai se atrasara no retorno da viagem. Eu disse que o percurso era longo, só agora ele devia ter chegado em casa. Só naquele momento, eu falei com toda a gravidade para Bruno, é que o pai estava tendo sua conversa com a mãe. Ele pediu para ficar a sós com ela. Ele me encarregou de tomar conta de você enquanto isso. Era a minha tarefa até que tudo se definisse, eu ainda consegui arrematar, nem sei bem como, e tenho certeza de que tudo vai dar certo no final.

Bruno me ouviu com atenção, e até hoje me impressiona que ele não tenha feito uma única pergunta. Eu cuidei dele até deixar Porto Alegre, agora nos encontramos eventualmente, ele vem a São Paulo duas ou três vezes por ano para reuniões da empresa onde trabalha, e ainda me espanta lembrar o seu silêncio no restaurante. Era como se ele entendesse o que estava morrendo ali: nunca mais eu me envolveria daquela forma, com ninguém que me deixasse naquele estado, e nunca mais me sentiria tão vulnerável como quando paguei a conta e saímos.

Bruno e eu chegamos à nossa rua. No plano inicial, era o momento em que eu daria a desculpa e só reapareceria vinte dias depois. Eu deixaria o pai e a mãe esperando, ambos indecisos entre começar a conversa com Bruno ou aguardar meu retorno de Tramandaí, uma hesitação que talvez aumentasse ainda mais a raiva entre os dois, a urgência de terminar tudo de uma vez, mas agora era diferente. Meu irmão e eu passamos em frente ao edifício. Como eu havia adiantado a ele no restaurante, de acordo com um pedido que supostamente o pai fizera, de acordo com uma história que só alguém especial engoliria, nós não voltaríamos para casa no domingo.

A mochila era leve, e o hotel ficava perto do ponto final do ônibus. O trajeto era exatamente o que eu havia planejado, só que agora eu tinha companhia. Quase vinte anos depois, ainda lembro com nitidez da sequência: eu falando com o rapaz da recepção, entregando a ele o pagamento adiantado, nunca o elo entre mim e Bruno seria tão intenso, tão decisivo. Nunca mais ele seria tão fiel a mim, a ponto de levar a sério aquela cena grotesca, nós dois naquele lugar imundo, nem eu poria fé num desfecho tão implausível.

Foi o único que me ocorreu nos minutos finais do Gre-Nal do Século: eu e Bruno entrando no quarto, o silêncio dele, uma aprovação tácita a algo que, imagino, ele pressentiu e agora tratava de pôr em prática. Não é possível que Bruno, ao deitar na cama com naturalidade, ao fechar os olhos com naturalidade, ao pegar no sono em menos de dez minutos, não estivesse me dizendo que de alguma forma compreendia a minha estratégia: deixar o pai e a mãe em casa preocupados com o nosso paradeiro, até a manhã seguinte eles não falariam da separação ou não pensariam em ter mais uma briga porque os dois filhos, em meio a uma cidade entupida de comemorações, em meio a uma época de crimes e mentiras como nunca mais houve, estavam sozinhos e à mercê de todos os perigos.

Não sei dizer se a preocupação dos dois teve alguma influência nos meses posteriores. Se o pânico com que os dois atravessaram a noite de domingo, ambos sem uma notícia sequer a nosso respeito, colaborou para que se chegasse a um acordo quanto a um futuro minimamente tolerável. Se na manhã de segunda, quando enfim retornamos para casa, quando abri a porta e ouvi de longe os gritos da mãe, e olhei firme para o rosto do pai, e como que desafiei os dois ao entregar Bruno são e salvo, esse acordo já estava firmado: o dinheiro que o pai mandaria sem falta, os telefonemas semanais que ele faria de

Goiânia, o esforço da mãe para nunca mais entrar em colapso na nossa frente.

Não sei dizer se ali já estava implícito que eu não esperava mais nada de nenhum deles, e que eles não deveriam esperar nada de mim, e que nossa convivência agora se devia apenas à necessidade de preservar o meu irmão. O que sei, e essa também é uma sensação nítida até hoje, é que eu já não tinha vontade de chorar como na noite anterior. Eu já não era capaz de sucumbir como na noite anterior. Eu não conseguia mais me deixar levar até a última lágrima, como fiz no escuro do quarto de hotel, Bruno dormindo ao meu lado até que o sono também me apanhasse, e me levasse para este limbo sem dilemas nem sustos, o presente opaco e eterno que sobreviveu ao jogo, ao domingo, a 1989 e a todos nós.

1ª EDIÇÃO [2006] 8 reimpressões

ESTA OBRA FOI COMPOSTA POR RITA DA COSTA AGUIAR EM MERIDIEN
E IMPRESSA PELA GRÁFICA FORMACERTA SOBRE PAPEL PÓLEN
PARA A EDITORA SCHWARCZ EM ABRIL DE 2024

A marca FSC® é a garantia de que a madeira utilizada na fabricação do papel deste livro provém de florestas que foram gerenciadas de maneira ambientalmente correta, socialmente justa e economicamente viável, além de outras fontes de origem controlada.